Quand l'amour
brille
de mille feux…

En Italien

Fuoco nel ghiaccio

Luna Di Miele Per Single

Il Patto Di Natale

Rapito dal Pirata

Segni d'intesa

In Capo Al Mondo

Beyond the Sea (Italian Translation)

Sogno di Natale

The Next Competitor (Italian Translation)

Valor on the Move (Italian Translation)

Test of Valor (Italian Translation)

Contro La Tenebra

Contro La Marea

Rise: Una favola gay

Una Passione Proibita

Una Nuova Vita

La Strada Verso Casa

Semper Fi (Italian Translation)

En Anglais

Contemporary

Honeymoon for One

Beyond the Sea

Ends of the Earth

Arctic Fire

The Chimera Affair

Holiday

The Christmas Deal

The Christmas Leap
Only One Bed
Merry Cherry Christmas
Santa Daddy
In Case of Emergency
Eight Nights in December
If Only in My Dreams
Where the Lovelight Gleams
Gay Romance Holiday Collection
Lumberjack Under the Tree (free read!)

Sports
Kiss and Cry
Reading the Signs
Cold War
The Next Competitor
Love Match
Synchronicity (free read!)

Gay Amish Romance Series
A Forbidden Rumspringa
A Clean Break
A Way Home
A Very English Christmas

Valor Duology
Valor on the Move
Test of Valor
Complete Valor Duology

Lifeguards of Barking Beach
Flash Rip
Swept Away (free read!)

Historical
Kidnapped by the Pirate
Semper Fi
The Station
Voyageurs (free read!)

Paranormal
Kick at the Darkness Trilogy
Kick at the Darkness
Fight the Tide

Taste of Midnight (free read!)

Fantasy
Barbarian Duet
Wed to the Barbarian
The Barbarian's Vow

Quand l'amour brille de mille feux…

Par

Keira Andrews

Dédicace

À Rachel et Lisa qui ont célébré Noël
en juillet avec Ryan et Cary.

Chapitre Un

LA POITRINE HALETANTE, Ryan claqua la porte derrière lui et s'appuya contre elle.

— J'aurais dû garder ma grande bouche fermée, marmonna-t-il. Il ne va jamais m'aimer comme je l'aime. Bon sang, je suis un tel idiot !

Un martèlement de pas se fit entendre, suivi par un coup ferme sur la porte. Ryan attendit, sa respiration se coinçant dans sa gorge.

La voix de Cary retentit.

— Je sais que tu es là. Ouvre la porte ! S'il te plaît.

Ryan fit courir une main dans ses cheveux, puis prit une profonde inspiration qu'il expira. Essayant de paraître calme, il tourna la poignée et fit un pas de côté tandis que Cary se précipitait à l'intérieur.

— Ne m'as-tu pas entendu t'appeler ?

Cary était légèrement essoufflé, les sourcils froncés.

— Non, répondit Ryan en tentant de sourire. Désolé. As-tu besoin de quelque chose ?

— J'ai be…

Cary s'interrompit en secouant la tête d'un air incrédule.

— Ce dont j'ai *besoin,* c'est que tu me parles. J'ai entendu ce que tu as dit à Dara.

Les joues de Ryan rougirent et il se mit à rire, mais ça sortit plus comme un couinement.

— Oh, ça ? Je ne faisais que plaisanter.

— Plaisanter…

Cary ne sembla pas convaincu.

— Donc, tu n'es *pas* amoureux de moi ?

— Je…

Ryan déglutit, la gorge soudainement sèche.

— C'était une blague.

— Une blague, répéta l'autre homme en s'avançant vers lui, et le plaquant contre la porte fermée.

Ryan hocha rapidement la tête.

Cary n'était à présent qu'à quelques centimètres de lui. Il était plus grand et ses larges épaules dominaient une taille étroite, son corps était musclé et mince. Des cheveux d'un blond léger balayaient son front, et ses yeux verts étaient intenses tandis qu'il regardait Ryan. Si près, ce dernier put voir les étincelles dorées dans ses pupilles et son cœur manqua un battement. *Seigneur, il est tellement beau.*

— Eh bien, c'est dommage, parce que je suis amoureux de toi depuis des mois.

Les yeux de Ryan s'écarquillèrent.

— Mais c'est… impossible.

— Ferme-la et embrasse-moi.

Cary réduisit la distance entre eux, prenant le visage de Ryan dans ses mains avant de presser leurs lèvres ensemble. Leurs bouches s'ouvrirent et ils s'embrassèrent passionnément. Le pouls de Ryan s'accéléra, l'excitation remontant le long de sa colonne vertébrale alors qu'il attirait Cary contre lui, leurs corps…

— Coupez !

Cary rompit le baiser et recula. Il regarda la metteure en scène.

— Encore ? demanda-t-il.

Elle hocha la tête.

— Beau baiser. Mais mets-moi un peu plus d'émotion sur ta réplique « j'ai entendu ce que tu as dit à Dara ».

Elle se tourna vers Ryan.

— Très bien joué. Ton tremblement des mains était parfait. J'ai juste besoin d'un peu plus de sueur sur ton sourcil. Tu es supposé avoir couru à partir du sas et c'est un grand vaisseau.

Alors que l'assistant de la metteure en scène appelait le maquilleur pour qu'il apporte le vaporisateur, l'équipe se prépara pour une autre prise. Cary sourit à Ryan, et des fossettes apparurent sur ses joues.

— Désolé, je pense avoir glissé un peu de langue pendant le baiser.

Oui, tu l'as fait et bon sang, j'en veux plus.

Ignorant l'excitation qui bourdonnait dans ses veines, Ryan agita vaguement la main.

— C'était une bonne prise.

C'était leur quatrième, et il avait espéré que cela deviendrait plus facile tandis que la journée avançait. Au lieu de cela, son désir pour Cary augmentait chaque fois que leurs lèvres se rencontraient. En dépit de l'équipe de vingt-cinq personnes qui les regardaient avec ennui, quand son partenaire l'embrassait, tout le reste disparaissait.

Après avoir fantasmé sur Cary pendant l'année écoulée, Ryan s'était dit que la réalité – même si elle n'était que fictive et pas *réelle* – serait une énorme déception. Sur l'écran, les baisers étaient supposés être gênants et inconfortables et pas du tout sexy. Et d'après l'expérience de Ryan, cela avait toujours été le cas.

Jusqu'à maintenant.

Il n'était pas supposé inspirer l'odeur de l'après-rasage de Cary et de sentir du désir bouillonner dans son ventre. Il n'était pas supposé remarquer à quel point ses cils étaient épais et la manière dont ses yeux dorés étaient en harmonie avec ses cheveux. Ses genoux n'étaient pas supposés faiblir parce que les baisers de Cary étaient chaleureux et humides et qu'ils avaient le goût du miel, promettant tellement plus.

— Espérons juste que l'équipe de censure ne regardera pas de près. Je te jure, des couples hétéros se mettent pratiquement nus sur les écrans, mais les personnages gays…

Cary secoua la tête.

— Ça me rend fou. Hé, tu as des nouvelles de ce groupe haineux qui t'envoie ces lettres horribles ?

— Nan. Je pense que Tammy s'est assuré que ma boîte email soit examinée plus minutieusement. Ce n'est rien.

Cary renifla.

— Ce n'est rien ? Tu ne devrais pas avoir à écouter ce genre de saloperies. Tu me diras si ça arrive à nouveau, d'accord ?

— Qu'est-ce que tu vas faire ? Les faire payer ?

Ryan aimait secrètement le côté protecteur de Cary.

Il sourit et lui donna un coup de coude.

— En plus, maintenant qu'ils mettent enfin Steven et Kishi ensemble, tu vas probablement recevoir tes propres emails haineux.

Cary fronçait toujours les sourcils.

— Ouais, mais ce n'est pas la même chose. Tout le monde sait que je ne suis pas gay dans la réalité.

Il ricana.

— Impossible qu'un gars dur comme mon père ait un fils gay. Personne ne le croirait même si c'était vrai.

— Ouais.

Ryan s'arrêta avant que son esprit n'aille trop loin… comme commencer à imaginer des « et si ».

— Au fait, tes écailles se relâchent un peu sur ton cou.

— Merde. Elles se décollent toujours quand je transpire.

Alors que l'équipe de maquillage le vaporisait d'une fausse sueur sur son front et retouchait les écailles violettes sur un côté du cou de Cary et sur une joue, Ryan inspira profondément. Il se rappela que tout ceci n'était pas réel. La déclaration d'amour de Cary et son baiser qui le faisait vibrer de désir… c'était pour les caméras. Rien de plus.

Donc, il devrait arrêter de penser au corps de son

partenaire pressé contre le sien et à la sensation qu'avaient ses muscles durs sous ses mains. Ryan était bien fait de sa personne, mais il était positivement ordinaire face à la beauté dorée et au corps parfait et tonique de Cary. Pas trop massif, juste comme il le fallait. Tandis que ce dernier inclinait la tête pour donner un meilleur accès au maquilleur, Ryan imagina l'embrasser là, sucer cette peau tendre et…

L'une des publicitaires de la série s'approcha, le bruit de ses talons retentissant dans le vaisseau spatial.

— Comment allons-nous aujourd'hui, messieurs ?

Ryan sourit.

— Hé, Tammy. Nous allons bien.

— Excellent. Le reporter du journal *Out & Proud* sera là dans une heure. Il voulait voir le baiser filmé, mais comme vous le savez, nous gardons le secret. Si quelqu'un parle de ce baiser avant l'épisode, je mangerai ses entrailles au petit déjeuner.

Cary sourit d'un air diabolique.

— Et ses couilles pour le déjeuner ?

— Non. Les couilles seront pour un second petit déjeuner, répliqua Tammy en lui adressant un clin d'œil.

La metteure en scène lança :

— En place, tout le monde !

La sueur artificielle humidifiant ses cheveux noirs qui

tombaient sur son front, Ryan se mit en position pour courir dans la chambre de Steven encore une fois. Une partie de lui espérait que la metteure en scène veuille une douzaine de prises, mais il ne savait pas combien de temps il allait se contrôler. Il avait porté un deuxième boxer plus serré pour s'empêcher de s'embarrasser, cela dit, son déguisement ne laissait place à aucune imagination.

Le second assistant-opérateur fit tomber l'ardoise devant la caméra.

— Académie Spatiale, 212, scène 9, prise 5.

Le silence se fit sur le tournage et la metteure en scène cria :

— Action !

Alors qu'il courrait et fermait la porte encore une fois, le cœur de Ryan se mit à battre de nouveau rapidement et il ne put s'empêcher d'attendre avec impatience le prochain baiser de Cary.

APRÈS AVOIR QUITTÉ sa remorque, Ryan se cogna presque contre Tammy, qui tapota un ongle manucuré sur sa montre.

— Tu es en retard de cinq minutes.

— En fait, je suis en retard de trois minutes et demie, mais je devais aller aux toilettes. En plus, les acteurs sont supposés être en retard. Et/ou saoul.

Tammy se mit à rire et remit une boucle rousse derrière son oreille.

— Tu n'as pas encore atteint ce stade de ta carrière. Parle-m'en quand cette série aura remporté plus qu'un véritable culte et que tu auras tourné au moins un film d'horreur réussi dans l'intervalle.

Cary était déjà assis sur la chaise de la metteure en scène dans la salle des commandes du vaisseau, qui n'était pas utilisé pour le tournage ce jour-là. C'était plus une imitation du style *Star Trek*, et il n'y avait pas beaucoup de décors spatiaux qui fonctionnaient bien pour les prises. Cary portait toujours son costume d'un vert sombre, mis à part la partie supérieure où il portait un tee-shirt blanc jusqu'à sa taille.

Celui-ci avait un col en V, et Ryan essaya de ne pas fixer les poils dorés de son torse qui en sortaient. Il se demanda pour la millième fois ce que ça ferait d'y faire courir ses doigts et de goûter aux tétons de Cary et…

Ça. N'arrivera. Jamais.

Avec un sourire plaqué sur son visage, Ryan s'assit sur la chaise vide à côté de Cary et serra la main de la journaliste en face d'eux. Tammy s'attardait au fond à côté du propulseur de la station de commande.

La femme ronde d'âge moyen sourit.

— Salut. Je suis Chuck Basilica du journal *Out &* *Proud.* Merci de me rencontrer aujourd'hui.

— Je suis Ryan Drake. Tout le plaisir est pour nous, répondit Ryan.

Cary et lui avaient fait une tonne d'interviews pour la présentation de la série en mai, et ils avaient un plan bien en place. Ils allaient répondre aux questions à tour de rôle, partager quelques anecdotes amusantes et être charmant et humble.

Bien entendu, maintenant que leur intrigue s'intensifiait, la presse gay s'y intéressait. Chuck ne perdit pas de temps.

— D'après la rumeur, la tension sexuelle entre Steven et Kishi va devenir plus explicite en février. Vous serez le premier couple gay Humain/Alien sur les écrans américains. Est-ce vrai ?

Cary répondit.

— Eh bien, nous allons clairement explorer nos personnages en profondeur dans cette saison et les relations entre plusieurs autres personnages secondaires vont évoluer.

— Hmmm. Je vais prendre ça pour un oui, sourit Chuck.

Ryan le lui rendit.

— Tout ce que nous pouvons dire, c'est que les fans devraient continuer à regarder, parce qu'il y aura de belles choses qui vont arriver à Steven et Kishi.

— Ça me va. Maintenant, étiez-vous tous les deux surpris de voir à quel point les fans ont rapidement aimé vos personnages ? Individuellement, mais surtout en tant que couple potentiel. Il y a beaucoup de fan fictions sur « Stishi ».

— Je pense que nous étions tous les deux surpris, et c'est un honneur pour nous, bien sûr, répondit Cary. Je veux dire, nous étions juste heureux que notre petite série de remplacement ait une saison deux, et que les téléspectateurs l'aient accueilli si chaleureusement. Nous n'aurons peut-être pas les cotations les plus élevées, mais les fans sont extrêmement vocaux et loyaux. Les meilleurs dans ce monde. Nous sommes tellement heureux de faire partie de l'*Académie Spatiale*.

— Parlons à présent de vos carrières, déclara Chuck en regardant son bloc-notes. Cary, vous faites partie de la Dynastie hollywoodienne. Vous avez été nommé d'après un ami de la famille, Cary Grant, n'est-ce pas ?

Il sourit.

— C'est vrai. J'espère juste avoir une carrière aussi incroyable que la sienne.

— Votre père et votre grand-père ont marqué le public avec leurs films d'action et d'aventure, alors que vous vous êtes orienté vers le théâtre et maintenant, la science-fiction. Ressentez-vous une pression particulière pour être à la hauteur de leur héritage ?

Le sourire de Cary ne faiblit pas, mais Ryan remarqua la manière dont sa mâchoire se crispa brièvement, ses épaules se tendant.

— Seulement du bon côté. Je suis très fier de Papa et de mon grand-père et ils m'ont toujours si bien soutenu.

Tandis que Cary continuait à parler de sa famille, disant au public ce qu'il voulait entendre, Ryan présenta sa meilleure expression attentive. Il se rappela la première petite réunion qu'ils avaient eue dans la maison du producteur exécutif, une nuit, dans les collines d'Hollywood. Ryan était sorti à l'extérieur pour prendre un peu d'air et avait surpris Cary au téléphone avec son père.

— Papa, c'est une bonne série. Plein d'acteurs de films font des séries maintenant. Ce n'est pas comme avant. C'est un bon rôle ! Je veux le faire. De plus, je ne peux pas refuser un travail régulier.

Cary se tut, et Ryan put entendre la voix élevée de Robert Holloway à travers le téléphone, mais il ne put comprendre ce qu'il disait.

Le fils avait continué :

— Je veux me tracer mon propre chemin. Je vais avoir une bonne carrière à la télévision. Peut-être aussi faire du théâtre en été. Je pense que ça vaut le coup d'essayer.

Il s'interrompit à nouveau.

— Eh bien, je suis désolé que tu le prennes comme ça. Je suppose que tu es habitué à la déception que je suis, maintenant, n'est-ce pas ?

Ryan tenta de reculer sans faire de bruit, mais bien entendu, son pied choisit ce moment-là pour trébucher sur un pied de chaise, la faisant tomber.

Cary pivota brusquement.

— Papa, je dois y aller.

Il raccrocha et regarda Ryan prudemment.

— Hé, écoute, si tu pouvais juste oublier ce que tu as entendu…

— Entendu quoi ? demanda Ryan en levant les mains. Je n'ai rien entendu.

La tension sur le visage de Cary s'évapora.

— Merci, mec. Ryan, c'est ça ? Je pense que nous avons deux scènes à tourner ensemble dans la salle des commandes.

— Ouais, exactement. Tu veux que nous répétions nos lignes ce week-end ?

Cary sourit largement.

— Absolument.

À présent, deux ans après leur rencontre, Cary était la personne préférée au monde de Ryan. Il était hétéro, mais ils n'avaient jamais été plus que des amis. Ce qui lui allait parfaitement. Eh bien, pas complètement. Cependant, il travaillait là-dessus.

— Et parlons de *votre* parcours, Ryan. Vous venez de Toronto. Comment vous adaptez-vous aux vies des starlettes ?

— Je vis ici depuis quelques années maintenant. Il y a beaucoup de bonnes choses dans n'importe quelle ville, et Los Angeles a tellement à offrir. C'était un peu le choc culturel, mais être près de la plage aide.

— Vous avez fait votre coming-out pendant que vous étiez encore à Toronto en jouant dans une production locale : *Rent*. Vous avez mentionné dans votre interview avoir un déjeuner avec votre petit ami, et quand l'*Académie Spatiale* a fait ses débuts, beaucoup de blogueurs et de sites de rumeurs ont retrouvé ce vieil article. Avez-vous regretté d'être sorti du placard si tôt dans votre carrière ? Pensez-vous que vous allez être catalogué ?

Il s'était attendu à cette question, donc Ryan résista à l'envie de soupirer… longuement. Il aurait voulu ne pas avoir à y répondre à chaque interview.

— Non, je ne le regrette pas du tout. J'ai fait mon

coming-out durant ma dernière année de lycée. C'est ce que je suis et je ne pense pas que cela va impacter ma carrière d'une manière négative. J'ai joué un personnage hétéro dans un film en été.

Il haussa les épaules.

— Tout ce que je peux faire, c'est donner le meilleur de moi-même et je ne peux qu'espérer avoir d'autres opportunités.

Cary intervint d'un ton ferme.

— Je pense que Ryan est une inspiration pour les acteurs gays. Et les acteurs hétéros aussi, d'ailleurs. La sexualité de quelqu'un ne devrait pas avoir d'importance de nos jours. C'est une personne géniale et un artiste talentueux.

La poitrine de Ryan se réchauffa à ces mots.

— Je suis chanceux que Cary et tout le monde ici à l'Académie Spatiale me soutiennent totalement. J'espère arriver à un stade où ça n'aura plus d'importance pour personne.

— Je l'espère aussi, répondit Chuck. Donc, y a-t-il quelqu'un dans votre vie, Ryan ?

— Non, il n'y a personne de spécial en ce moment.

Personne avec laquelle je veuille sortir, je veux dire.

— Cary, vous sortez avec la star de *Succubus High*, Amanda Walker depuis un an, maintenant. Les cloches du mariage vont-elles sonner dans un futur proche ?

Cary se mit à rire.

— Nous verrons bien. Amanda est une fille formidable.

En fait, Amanda est une peste encombrante. Ryan garda une expression plaisante sur le visage. Ce n'était pas qu'il était jaloux ou quoi que ce soit. D'accord, peut-être un peu. Mais Cary méritait tellement mieux qu'elle. Il se rappela qu'Amanda Walker n'était pas le seul problème qui les séparait, son partenaire et lui. Elle n'entrait pas en compte. Cary était hétéro. Point à la ligne.

— Vous avez tous deux vingt-cinq ans, maintenant. Qu'est-ce que ça fait de jouer des élèves de lycée ?

Ryan se mit à rire.

— Eh bien, je ne pense pas que nous soyons les acteurs les plus âgés de l'histoire du cinéma à jouer des adolescents.

— Avec ses grands yeux marron et son visage d'ange, je pense qu'il jouera encore les adolescents pendant cinq autres années, déclara Cary en souriant largement.

— Mais nous aimons nos rôles, ajouta Ryan. Le lycée – que ce soit sur Terre ou en orbite autour de la cinquième lune de la planète nouvellement découverte, Alida – est rempli de drame et c'est un développement potentiel des personnages.

Les sourcils de Chuck se haussèrent.

— Ah oui. Comme découvrir la sexualité de quelqu'un ?

Ryan et Cary se regardèrent et se sourirent.

— C'est un thème commun, Chuck, répondit ce dernier. Je pense que nos fans vont vraiment aimer nos personnages dans cette saison qui continuera jusqu'au Nouvel An.

Tammy s'éclaircit la gorge.

— J'ai bien peur de vous demander d'arrêter là. Nous avons besoin de Ryan et Cary sur le plateau.

Ils dirent au revoir à Chuck et Ryan vérifia sa feuille d'appel. La prochaine scène était un « moment intime » entre Steven et Kishi. Pas de baiser, mais ils seraient tous les deux torse nu et joueraient à un jeu d'*Imperia* particulièrement proche, un genre de basketball. Cette prise aurait lieu au début de l'épisode, avant leur baiser et Steven pourrait à peine contenir son attirance pour Kishi.

Ryan prit une inspiration vivifiante tandis qu'il se dirigeait vers le plateau de tournage. Il ne pensait pas être un acteur méthodique, toutefois, il vivait certainement les émotions de son personnage, ces jours-ci.

AVEC UN SOUPIR, Ryan ouvrit une canette de soda et se rassit sur le canapé de sa caravane. Il avait encore une autre scène à faire, et ça allait être une longue journée. En prenant la télécommande de la télévision, il y eut un coup sur la porte.

Son stupide cœur manqua un battement quand il trouva Cary à l'extérieur.

— Hé, mec ! J'ai fini. Je voulais juste te souhaiter un Joyeux Noël.

Ryan le fit entrer et lui tendit une bouteille d'eau du réfrigérateur puisque Cary ne buvait pas de soda. C'était l'une des raisons pour laquelle il ferait la couverture d'un magazine de santé alors que pour lui, ça ne serait jamais le cas. Ryan faisait du sport et maintenait son corps en bonne santé, mais il n'était pas une idole comme Cary.

— Donc, tu as prévu quelque chose pour les vacances ? demanda Ryan. Vas-tu les passer avec tes parents ?

— Non. Papa est en Thaïlande en train de tourner la suite de *Tout Faire Péter*.

Ryan se mit à rire.

— Tu parles de la quatrième partie de *Vengeance* ?

— Ouep. L'appétit mondial pour les explosions et les répliques bon marché se poursuit sans relâche.

Il se laissa tomber sur le canapé.

— En plus, ma belle-mère se trouve avec lui et je ne peux pas la gérer. Elle a vraiment essayé de me donner des conseils parentaux à Thanksgiving.

Ryan s'assit à côté de son ami et releva ses jambes sur la table basse. La plupart des acteurs de cinéma auraient reniflé de dédain face à sa petite caravane en bois, mais avec un canapé-lit, une douche, des toilettes et une kitchenette, l'espace de quatre mètres carrés était du luxe pour Ryan. Il n'était toujours pas habitué à attendre, et au début, cette caravane lui avait semblé inutile. À présent, avec ces longues journées de tournage, il était très content de l'avoir.

— Dis-moi que tu exagères.

Cary prit une gorgée d'eau.

— Si seulement. Non, apparemment, pendant les vingt années impressionnantes de Janelle sur cette terre, elle semble avoir beaucoup appris. Elle a été contrariée que je ne veuille pas de l'avantage de ses vastes connaissances pour mes films.

— Waouh. D'accord, alors que fait ta mère pour Noël ?

— Elle sera à Hawaii. J'y serais bien allé, mais Amanda nous a réservé un spa pour nous purifier.

— Purifier ? Pour *Noël* ?

Cary grimaça.

— Ouais, rien que de la salade et de la citronnade ou quelque chose comme ça. Oh, du poivre et de la sauce piquante, je pense. Délicieux. C'est dans le désert près de Palm Springs. Il y aura au moins beaucoup de yoga et de massage.

— Et la *famine*. Pas de dinde ? Pas de farce ? Pas de cookies ? Ce n'est pas Noël sans une tonne de nourriture grasse.

— Hé, ce n'est rien, dit Cary en haussant les épaules. Je n'ai jamais eu un vrai Noël. En grandissant, mes parents étaient toujours soit mariés soit divorcés et séjournaient sous les tropiques. Un Noël blanc et toute la famille ensemble, c'est quelque chose que je ne vois qu'à la télévision.

La mâchoire de Ryan se décrocha.

— Tu n'as jamais vu de neige à Noël ?

Il réalisa qu'il criait pratiquement et rougit face à sa réaction excessive.

— Désolé. Noël a toujours été ma fête favorite.

— La meilleure période de l'année ? Eh bien, tu es canadien, donc c'est compréhensible, répondit Cary joyeusement, puis son sourire disparut. Nan, Noël n'a jamais été grand-chose pour nous. J'avais des cadeaux et tout, mais cela n'a jamais été une journée spéciale dans un paradis hivernal et tout ça.

— Je suis désolé.

Cary semblait mélancolique à propos de ça.

— Hé, tu es le bienvenu pour te joindre à moi et ma famille dans le Grand Nord Blanc.

À la surprise de Ryan, le visage de Cary s'illumina.

— Vraiment ?

L'invitation était sortie comme ça, pas sérieusement, mais la pensée de passer Noël avec Cary fit papillonner l'estomac de Ryan.

— Bien sûr. Je rentre à la maison demain et nous allons nous rendre à notre cottage le vendredi. Il y aura autant de neige que tu veux.

Il savait qu'il devrait limiter le temps qu'il passait avec Cary hors du plateau de tournage, mais… *mais je peux toujours regarder, même si je ne peux pas toucher.*

Encore une fois, le sourire de Cary disparut et il s'adossa contre les oreillers.

— Mec, j'aimerais tellement venir, mais Amanda va me tuer si je ne vais pas au spa. En plus, je ne voudrais pas m'imposer dans ta famille.

— Tu ne vas pas t'imposer du tout. Mes parents me disent toujours qu'ils veulent te rencontrer. Tu es mon meilleur ami, ici.

L'expression de Cary était impassible. Content, peut-être ?

— Vraiment ? Merci, mec. C'est si agréable à entendre. Tu sais que tu l'es aussi, dit Cary en lui donnant un léger coup à l'épaule.

Ryan s'éclaircit la gorge et prétendit que tout son corps n'était pas en feu.

— Eh bien, l'invitation tient toujours si tu changes d'avis.

Ils se sourirent maladroitement. Habituellement, les choses étaient confortables entre eux, cependant, maintenant qu'ils s'étaient embrassés durant le tournage, Ryan se sentit sur les nerfs. S'il se détendait, il avait peur de faire quelque chose qui dépasserait les limites sans même y penser. À présent, n'importe quel contact – y compris un simple coup taquin – semblait trop intime. *Ce n'est pas ton petit ami, tout ça n'est qu'une mascarade.*

Leurs yeux se croisèrent, et Ryan aurait juré qu'un courant était passé entre eux, traversant sa colonne vertébrale pour se ficher dans sa queue. Cary se lécha les lèvres et ils se fixèrent intensément en silence. Ryan pouvait sentir la chaleur venant du corps de son partenaire sur le canapé et celui-ci sembla se pencher vers lui.

Un léger coup fut frappé à la porte, suivi par la voix de l'assistant.

— Ryan ? Nous sommes prêts pour toi.

L'étrange atmosphère fut brisée et Cary vida sa bouteille.

— Je te revois l'année prochaine.

Il se leva, puis attira Ryan contre lui, tapotant son dos comme un hétéro le ferait.

— Oui, à l'année prochaine. Joyeux Noël.

Alors qu'il se dirigeait vers le plateau de tournage, Ryan décida que c'était bon d'avoir trois semaines de séparation jusqu'à leur retour pour janvier. Il était temps de contrôler son béguin pour Cary. Entre le travail et leur amitié, tout marchait bien entre eux et il était hors de question qu'il gâche ça.

Chapitre Deux

LE TÉLÉPHONE PORTABLE de Ryan sonna sur le siège à côté de lui tandis qu'il quittait l'autoroute pour se rendre au centre commercial Parry Sound… qui était plus une plazza glorifiée. Il parcourut le parking rempli à la recherche d'une place et regarda son appareil. Son cœur fit un ridicule bond et il se gara rapidement à côté du grand amas de neige créée par le chasse-neige.

Il glissa son doigt sur l'écran.

— Allô ?

— Salut, mec. C'est Cary.

— Salut.

Dis quelque chose !

— Hum, quoi de neuf ? Tout va bien ?

— J'ai fait quelque chose d'un peu impulsif.

— D'accord. Qu'as-tu fait ?

— Je suis à Pearson.

Ryan cilla. Le froid avait dû boucher ses oreilles.

— Pearson ? L'aéroport ? À Toronto ?

— Lui-même. J'ai essayé de t'appeler pendant deux jours, mais tu n'as jamais décroché.

— Merde, désolé. Il n'y a pas de réseau à la baie, s'excusa Ryan, le cœur battant.

Cary est là.

— Tu m'as dit que l'invitation tenait toujours et quelque chose est arrivé et je voulais vraiment m'échapper. Tu te montrais juste poli, peut-être, puisque tu es Canadien, alors je vais prendre le prochain vol pour rentrer et….

— Non ! s'exclama Ryan, puis il s'éclaircit la gorge et prit une profonde inspiration. Bien sûr que tu es le bienvenu. Je peux venir te chercher, mais ça va me prendre deux heures de route pour te rejoindre.

Il vérifia sa montre. Ils allaient manquer le dîner, il ne serait cependant pas trop tard.

Cary se mit à rire.

— Mec, je vais louer une voiture. Ne pense même pas à conduire jusqu'ici.

— Mais les routes sont glissantes. Tu n'es pas habitué à la neige.

— Ça ira. J'ai conduit à Aspen une fois. Donne-moi

juste l'adresse et je vais activer mon GPS.

Les paumes fourmillantes, Ryan donna à Cary les instructions à suivre pour arriver au cottage familial à la Baie Georgienne, puisqu'il n'y avait pas d'adresse postale. Cela faisait une heure de route à l'extérieur de la métropole bruyante de Parry Sound (population 6,191), sur des chemins de compagne qui seraient bien trop sombres dans peu de temps.

— Utilise tes phares une fois que tu sors de l'autoroute 69. À moins qu'il neige et qu'il y ait une tempête, parce que les phares vont juste empirer les choses.

— Ça ira, Ry. Ne t'inquiète pas, le Californien conduira lentement.

— Attends, je vais te donner le numéro du cottage au cas où tu serais retardé. Nous avons une ligne fixe.

Quand Cary eut tous les détails auxquels Ryan pouvait penser, ils se dirent au revoir et il raccrocha. Après avoir sorti la liste de courses de sa mère, il se précipita vers le supermarché, ses bottes claquant sur le bitume du parking. Alors qu'il passait les portes coulissantes, il aperçut son reflet et réalisa qu'il souriait comme un idiot, mais il ne pouvait pas s'en empêcher.

❄

— POURQUOI NE m'as-tu pas dit un peu plus tôt que tu avais un invité ?

La mère de Ryan, Maureen, lui lança un regard noir, les mains sur les hanches. Ses lunettes avaient glissé sur son nez et de la farine saupoudrait sa joue. Ses cheveux noirs commençaient à grisonner et avec un tablier festif rouge et vert sur ses rondeurs, elle ressemblait un peu à Mère Noël. Son accent anglais campagnard ressortait toujours quand elle était agitée.

— Je n'ai fait qu'un ragoût pour le dîner !

— Parce que je ne le savais pas. Je ne pensais pas qu'il allait venir. Ses plans sont tombés à l'eau, répondit Ryan.

Il ne s'était pas permis de trop spéculer sur la raison de sa venue ici et sur ce que cela voulait dire pour sa relation entre Cary et Amanda.

— Et un ragoût, ça ira, Maman.

— Regarde cet endroit ! Tu vas m'aider à tout nettoyer, jeune homme !

Jetant un rapide coup d'œil à la cuisine rangée et propre, les sourcils de Ryan se haussèrent.

— Oh, ouais, Maman. C'est vraiment une porcherie.

— Va ranger le salon. Qu'aime-t-il manger ? Est-ce qu'il fait partie de ces végantariens ?

— C'est végétalien et non, il n'en fait pas partie. Il

mange la viande. Tu n'as pas à faire quelque chose de spécial.

Laissant sa mère qui grommelait toujours derrière lui, Ryan redressa la pile de bois à côté de la grande cheminée en pierre qui dominait le mur du salon. Le cottage était en cadre A, réduisant le toit en pointe, construit de pierre et de bois et meublé dans un style qu'il considérait comme « rustique ». Pas à la mode, mais chaleureux et accueillant, avec un tapis épais au centre du plancher en bois et un canapé doux placé contre le mur opposé. Deux fauteuils et une causeuse encadraient le canapé et la table basse.

L'étage principal était paré pour les vacances, avec des guirlandes et des couronnes d'ornement, des chaussettes étaient accrochées à la cheminée avec le plus grand soin. La seule chose qui manquait était l'arbre de Noël, que Ryan allait couper le lendemain, le 23 décembre. Il ne savait pas pourquoi c'était une tradition familiale d'avoir le sapin à cette date, chaque année, toutefois, c'était le cas.

Ethan et Amy descendirent du premier étage en courant, passant à côté de lui et se dirigeant vers la cuisine.

—Je ne comprends toujours pas pourquoi il n'y a pas le câble ici, grogna Ethan.

À huit et six ans, le neveu et la nièce de Ryan possédaient plus de gadgets technologiques que lui, pourtant, ça ne semblait jamais assez. Mais il se rappela ses propres plaintes quand il avait leur âge.

Ethan et Amy étaient tous les deux bruns et avaient le visage rond… le portrait craché de Lisa, et de Ryan aussi. Ils se taquinaient toujours sur le fait qu'il pourrait un jour les kidnapper et les faire passer pour ses enfants.

— Je m'ennuiiiiiiiiiiiiiie ! gémit Amy. Est-ce que nous pouvons regarder un film ?

— Oh oui, la vie est dure, je sais, répondit Maureen. Vous avez un film par jour à voir et vous l'avez fait. Le cottage est destiné à passer un moment en famille. Vous, mes petits chenapans, êtes trop collés à vos téléphones, télévisions et ordinateurs. Et si vous vous ennuyez, je vous trouverai du travail à faire ! Ou je devrais dire au Père Noël que vous avez été méchants.

Alors que les enfants continuaient à geindre dans la cuisine, harcelant leur grand-mère pour avoir des gâteaux sablés, la sœur de Ryan descendit à son tour avec un plumeau dans la main. Elle tira ses longs cheveux bruns en une queue de cheval et sourit d'un air diabolique.

— J'ai entendu dire que nous allions avoir un invité.

Évitant le regard de Lisa, Ryan posa une autre bûche dans le feu.

— Ouais, mon ami, Cary. De la série télé.

Après un rapide coup d'œil vers la cuisine, où leur mère donnait aux enfants du travail en tant qu'assistants, Lisa murmura :

— Je sais exactement qui est Cary, petit frère. C'est avec lui que tu as fait la scène du baiser, la semaine dernière, hmmm ?

— Quoi ? Comment le sais-tu ?

Elle leva les yeux au ciel.

— Il y a une chose qu'on appelle l'Internet. Une source sûre a informé TMZ que…

— Ugh, j'en ai assez entendu ! Et Lisa, nous sommes juste amis.

— *Hum*, oui. Mais tu veux plus.

S'avançant jusqu'au placard pour prendre l'aspirateur, Ryan ricana.

— Pourquoi dis-tu ça ? Il est hétéro.

— Pourquoi je dis ça ? Parce que tu te languis de lui depuis un an ! Tu es peut-être un acteur primé, mais tu ne m'auras pas.

Il leva les yeux au ciel.

— Je ne suis pas un acteur primé.

— Les Teen Choice Awards comptent aussi, petit frère. Même si c'est pour le titre d'idole le plus mignon de la télévision. Tu as devancé une rude concurrence pour ça.

Éclatant de rire, Ryan brancha la prise de l'aspirateur dans le mur et sortit le fil de l'appareil.

— Nous sommes amis. Fin.

Il appuya sur le bouton d'allumage et l'aspirateur gronda.

Lisa s'approcha de lui, gardant toujours la voix basse.

— Il va devoir partager ta chambre, tu sais.

Ryan déglutit difficilement.

— Il y a deux lits en haut. Ce n'est pas important.

— Bien sûr. Ce n'est pas important.

— Lisa, s'il te plaît. Ne… arrête.

Elle laissa tomber sa voix taquine.

—Je suis désolée. Je te promets de ne pas t'embarrasser devant ton ami. C'est juste que ça fait des années que je pratique et c'est une habitude difficile à oublier.

Elle se releva sur la pointe des pieds et lui embrassa la joue.

Bien qu'elle soit plus âgée que lui de cinq ans, Ryan était plus grand qu'elle depuis ses treize ans, à la grande tristesse de Lisa. Il lui tapota l'épaule.

— OK, minus.

—Hilarant, dit-elle. Viens, nous allons rendre cet endroit propre… euh… *plus propre*, pendant que Maman garde ces deux-là occupés.

— Où sont Papa et Tony ?

Lisa leva les yeux au ciel.

— Pêche sur glace.

Ryan se mit à rire en passant l'aspirateur sur le tapis. Le mari de Lisa, Tony, et leur père étaient inséparables quand il s'agissait de pêche.

— C'était très gentil à toi de te marier avec le fils que Papa a toujours voulu, ironisa-t-il.

— Gare à ce que tu dis, Ryan Patrick Drake ! cria sa mère de la cuisine.

— Maman, je plaisante !

Ryan et Lisa se regardèrent avant d'éclater de rire. Celle-ci tira sur son lobe d'oreille, leur vieux signal de l'enfance voulant dire que leur mère écoutait.

— *Ouïe fine,* murmura Lisa et ils s'esclaffèrent.

— Qu'y a-t-il de drôle ? leur demanda-t-elle en sortant sa tête de la cuisine.

Gloussant, Ryan et Lisa reprirent leurs tâches. Quand ils finirent, il monta les escaliers et se dirigea vers sa chambre pour s'assurer qu'elle était propre et rangée pour l'arrivée de Cary dans – il vérifia sa montre pour la millième fois – quarante-trois minutes. À peu près.

Au premier étage, on y trouvait la grande chambre, celle des parents, deux chambres d'amis et la salle de bain principale qui contenait une baignoire. Il y avait des toilettes au rez-de-chaussée, mais tout le monde devait attendre son tour pour prendre une douche. Ryan grimpa l'échelle pour monter au grenier, qui était sa chambre depuis l'enfance.

L'échelle donnait dans le milieu de la pièce, qui était le toit de la structure en forme de A de la maison.

Il y avait juste assez d'espace pour se tenir debout au centre de cette pièce étroite, avec des murs de chaque côté. À sa gauche se trouvait le lit de Ryan et sa petite commode sous la fenêtre de la pièce. Il y avait une fenêtre de droite également ainsi qu'un autre lit et une autre commode.

Quand ils étaient petits, le lit à la droite de l'échelle avait été celui de Lisa, jusqu'à ce qu'elle ait douze ans et se juge trop mature pour partager une chambre avec son petit frère. Au cours des années, des cousins et des amis avaient dormi là. À présent, *ce sera Cary*. Se dirigeant vers son propre lit, Ryan s'effondra dessus, regardant les murs inclinés et familiers et l'ancien papier peint au thème de l'espace. Lorsqu'il faisait nuit, les autocollants du système solaire s'illuminaient.

Même s'il avait un très bon salaire maintenant, ses parents avaient toujours refusé de rénover le vieux cottage. Son père, Jack, avait simplement froncé les sourcils à cette idée, pendant que Maureen avait agité la main et lui avait dit d'économiser son argent, parce que Dieu seul savait que le salaire d'un acteur n'était jamais stable et qu'*Académie Spatiale* pouvait être arrêtée à tout moment.

Ryan se sourit à lui-même. Peu importait combien d'adolescentes collaient un poster de lui dans leurs casiers, sa famille le traiterait toujours comme le bon vieux Ryan. Au moins, ils l'avaient laissé payer la nouvelle terrasse surplombant l'étendue de la Baie Georgienne.

Il espérait juste que Cary ne se sente pas dépaysé. Il avait grandi dans des manoirs et un seul lit dans un cottage serait hors de sa zone de confort. Sans mentionner celle de Ryan. Parfois, il devenait dur rien qu'en *fixant* son partenaire, alors partager une chambre avec lui… Le regarder se déshabiller. L'entendre respirer, sachant qu'il n'était qu'à quelques pas de là…

Poussant un grognement, Ryan se leva. Il avait besoin d'une douche froide, mais se rendre à l'abri à outils pour chercher plus de bois pour le feu réglerait le problème aussi. Il vérifia sa montre. *Trente-sept minutes.*

QUAND CARY FUT en retard de soixante-quatorze minutes, Ryan eut l'impression qu'il allait vomir. Il neigeait et les nuages obscurcissaient la lune et les étoiles. La neige n'était pas lourde, cependant, les routes seraient glissantes et Cary n'était pas habitué à beaucoup de pluie à Los Angeles et…

— Tu vas user le tapis, dit sa mère en lui tendant un mug de thé chaud. Il a dû louer une voiture et s'il conduit lentement, il va prendre plus de temps que d'habitude. Il a dû s'arrêter pour un café quelque part.

— Je sais, je sais. Mais… il n'est pas habitué à la neige. La conduite en hiver peut être dangereuse.

Elle lui tapota la joue.

— Tu es adorable quand tu t'inquiètes pour ton ami.

Comme sur un signal, des pas se firent entendre sur le porche. Ryan courut vers la porte et l'ouvrit à la volée.

Il soupira.

— Oh.

Le rire de son père retentit dans le petit vestibule du cottage où ils laissaient leurs bottes et leurs pelles à neige. Il n'était pas isolé, mais il aidait à protéger la salle principale du froid quand les gens entraient et sortaient durant les mois d'hiver.

— Quel bel accueil de mon unique fils.

Il tendit une glacière.

— Nous en avons attrapé une douzaine, Mo.

Maureen la prit, riant et se tortillant alors que Jack la chatouillait.

— Enlève ces mains froides de moi !

Tony suivit et ouvrit son manteau.

— Tout va bien, Ryan ?

— Hein ? fit ce dernier.

Puis il réalisa qu'il avait dû froncer les sourcils.

— Ouais, ça va, répondit-il. Mon ami est en retard.

— Ton ami ? demanda Tony.

Ce dernier s'inclina en passant le seuil pour ne pas se cogner la tête contre l'encadrement. Avec son mètre quatre-vingt-quinze, il devait souvent regarder où il marchait.

— Cary. Du travail.

— Le gars mignon ?

Lisa s'éclaircit la gorge du canapé où elle était assise et où elle supervisait le jeu des enfants.

— Devrais-je être jalouse ? le taquina-t-elle.

Levant les yeux au ciel, Tony embrassa ses enfants puis sa femme.

— Chérie, tu sais que je ne suis pas de ce bord.

Il lança un regard désolé à Ryan.

— Mais je n'ai rien contre, bien entendu.

Ryan éclata de rire.

— Laisse-moi deviner. Maria est une fan ?

La sœur adolescente de Tony était toujours collée à Ryan aux rassemblements familiaux, lui posant mille et une questions à propos d'Hollywood. Il avait essayé de lui dire que ce n'était pas aussi glamour qu'il y paraissait, mais elle semblait peu convaincue.

— Tu penses que je peux avoir un autographe pour elle ? Elle va être tellement jalouse quand elle découvrira que j'ai passé Noël, pas avec une, mais *deux* stars de la télé.

Ryan jeta un œil sur sa montre.

— Ouais. Pas de problème.

Il entendit Tony demander à Lisa.

— Qu'est-ce qu'il a ?

Il n'entendit pas la réponse de sa sœur alors qu'il se précipitait vers la fenêtre. Il pouvait voir un véhicule approcher et des phares illuminèrent la maison tandis qu'un grand SUV se garait.

Ryan prit deux profondes inspirations en mettant son manteau. Pourtant, son estomac se noua et il était une boule de nerfs.

C'est toujours le même vieux Cary. Ton ami hétéro. Ressaisis-toi.

Dans le vestibule, il chaussa ses bottes et descendit les quelques marches vers la terre ferme, fermant la contre-porte derrière lui. Il agita la main et s'approcha de la voiture de Cary. Ce dernier éteignit le moteur et ouvrit la portière.

— Je peux me garer là ?

— Ouais, c'est bon. As-tu trouvé facilement le cottage ?

Cary sortit et attira Ryan dans l'une de ses étreintes viriles.

— Ouep, tes instructions étaient bonnes. Cela m'a pris du temps de sortir de l'aéroport. J'ai réalisé aussi que je ne devais pas me présenter chez vous, les mains vides, donc j'ai dévalisé les magasins.

Il recula et écarta les bras, montrant son nouveau manteau d'hiver noir.

— J'ai aussi acheté mon premier manteau, poursuivit-il. Et Seigneur, j'en avais besoin !

Il frissonna.

Ryan sourit.

— Tu n'es plus au Kansas, Toto.

— Donc, tu dois être Dorothy, hein ? répondit Cary en lui donnant un coup de coude taquin. Peux-tu m'aider avec ces cadeaux ?

Il ouvrit l'arrière du véhicule.

— Bon sang ! Tu as acheté tout l'aéroport ou quoi ?

Il y avait au moins une douzaine de paquets là-dedans.

— Eh bien, je ne savais pas exactement qui était là, donc j'ai pris une variété de cadeaux de différents âges.

— Tu n'aurais pas dû faire ça, protesta Ryan dont le cœur se serra. Nous n'avons rien pour toi.

— Tu rigoles ? Me laisser passer Noël ici est plus que suffisant.

Il regarda les arbres enneigés.

— C'est magnifique. On se croirait dans un film, murmura-t-il.

— Les garçons ! Le dîner est presque prêt ! retentit la voix de Maureen du vestibule.

Ryan prit autant de paquets qu'il put.

— OK, je suppose qu'il est temps de rencontrer la famille. Ils sont un peu pénibles quand ils commencent. Et une fois que tu seras entré dans le poulailler, on ne saura pas à quoi s'attendre.

Cary sourit.

— Ça me semble parfait, dit-il en serrant l'épaule de Ryan. Merci encore une fois de m'avoir invité. Tu es… un très bon ami.

Ryan essaya d'ignorer les étincelles de désir qui le parcoururent au contact de Cary, même à travers des couches de tissu.

— Quand tu veux.

Des flocons de neige se prirent sur ses cils épais et Ryan resserra son emprise sur les sacs qu'il tenait, résistant à l'envie de les lui enlever.

Après qu'ils se soient déchaussés de leurs bottes dans le vestibule, la mère de Ryan les fit entrer. Sur le seuil de la porte, elle attira un Cary surpris dans une chaleureuse étreinte.

— Bienvenue ! Je suis si heureuse de te rencontrer, Cary.

— Je… merci, Madame Drake, retourna-t-il en souriant.

Elle posa un baiser sur sa joue et indiqua une branche de feuilles et de baies qui était suspendue au-dessus de la porte.

— Le gui.

Ryan haussa les épaules d'un air désolé.

— C'est une tradition.

Les yeux de Cary se plissèrent aux coins et il les releva.

— C'est formidable. Je n'ai vu ça que dans les films.

— Tu ferais mieux d'entrer ou je devrais t'embrasser aussi.

Les mots étaient sortis de sa bouche avant qu'il ne puisse s'en empêcher.

— Je… euh… là, laisse-moi prendre ton manteau.

Bon sang, contrôle-toi !

Même le fait de plaisanter sur les baisers avec son ami était une mauvaise idée. Il espérait juste qu'il ne ferait rien de stupide qui ruinerait leur amitié au Nouvel An.

ALORS QUE LISA courrait sur ses mains et ses genoux, reniflant les coins du salon, ils éclatèrent tous de rire. Elle remua son nez et sortit ses dents sur sa lèvre inférieure.

— Bugs Bunny ? demanda Tony.

Lisa lui lança un regard noir tandis que les grains de sable de l'horloge coulaient.

— La course de rats ! C'était un rat !

— Ohhh, Maman, c'était malin, dit Amy.

Se relevant sur ses pieds, Lisa se mit à rire.

— Merci, ma chérie. C'est vraiment dommage que mon équipe n'y ait pas pensé !

Elle se rassit sur le canapé près de Cary, secouant la tête et feignant la tristesse.

— On aurait pu penser qu'un acteur jouerait bien à ce jeu.

— Hé, n'ai-je pas bien joué *La Marche de l'Empereur* ?

— OK, je te l'accorde. Mais le reste d'entre vous,

ressaisissez-vous !

Ils étaient divisés en deux équipes, assis les uns en face des autres avec la table basse entre eux. Ryan passa le dé à Amy.

— Fais un six, OK ?

Elle le fit remarquablement et Ryan et elle se tapèrent dans la main. C'était au tour de Jack de s'exécuter et il devait fredonner une chanson que l'autre équipe aurait à deviner. Jack lut la carte et ses sourcils se haussèrent.

— C'est quoi un Feist ?

— C'est une chanteuse, Papa, répondit Lisa. Tu ne connais pas ses chansons, prends une autre carte.

La prochaine qu'il prit, il connaissait le chanteur et tandis qu'il fredonnait « I Wanna Hold Your Hand », Ryan regarda autour de lui d'un air heureux. Il avait bu pas mal de boissons alcoolisées – dont du vin au dîner – et une chaleur plaisante se diffusa dans son torse. Sa famille avait accueilli chaleureusement Cary, et celui-ci avait trouvé sa place, plaisantant avec tout le monde et se joignant à leurs taquineries. Tandis que la soirée avançait, Ryan ne pouvait se rappeler la dernière fois où il s'était senti si détendu. Si paisible.

Sa mère devina rapidement la chanson, puis ce fut à son tour de jouer. Ils hurlèrent tous de rire lorsqu'elle se frappa la poitrine et y fit traîner ses articulations avant de faire mine de défaillir avec un sourire niais.

— Monkey Love ! lança Ryan.

Son équipe gagna la partie un peu après vingt-deux heures et ils décidèrent de mettre fin à la soirée. En conduisant Cary à leur chambre, son pouls devint plus rapide. Au sommet des escaliers, il écarta les bras d'un air pompeux.

— Et Bienvenue chez le peu connu cousin canadien du Ritz Carlton. Un confort somptueux vous attend !

— C'est trop cool, s'enthousiasma Cary en regardant autour de lui, un large sourire sur le visage. Je peux juste t'imaginer quand tu étais petit. Ça doit être agréable de voir ta chambre telle qu'elle était auparavant. J'ai grandi sur des plateaux de tournage et des hôtels.

Ryan avait monté les bagages de Cary un peu plus tôt et les avait déposés sur l'autre lit. Son ami s'assit et le matelas grinça.

Ryan grimaça.

— C'est un vieux matelas. J'espère que ça ira.

— C'est parfait, Ry, sourit Cary. Je dormirais avec toi si ce lit n'est pas confortable.

Le rire de Ryan était légèrement maniaque.

— Oui, il y a plein d'espace ici.

Ha ha.

— Donc, la salle de bain est au second étage. Il y a

une veilleuse, mais fais attention avec l'échelle. Quand tu es à moitié endormi, tu peux finir sur le cul.

— D'accord.

Cary se leva et ouvrit sa petite valise.

— Je dors habituellement nu, mais je suppose que je vais me congeler si je le fais.

Il sortit un tee-shirt et un pantalon de pyjama en flanelle.

À la pensée d'un Cary nu, Ryan pivota, le désir faisant frissonner sa peau.

— Ouais, il fait un peu froid ici.

Gardant son dos tourné, Ryan prit rapidement son propre pyjama.

Son ami se mit à rire.

— Est-ce que c'est… un pyjama de Noël ?

Une seconde, Cary vient-il juste de me voir nu ?

Ryan se tourna sur lui-même et releva ses mains.

— Coupable. Le Père Noël me l'a ramené, l'année dernière.

— Le Père Noël ?

— Ouais, chaque année, ma mère nous donne des cadeaux du Père Noël. Juste des trucs idiots.

Il baissa les yeux sur lui-même.

— Comme un pyjama de rennes.

— J'adore, dit Cary en grimpant sur son lit. Je pense

que c'est vraiment cool que ta famille soit si impliquée dans les fêtes et tout. C'est agréable.

— Je n'y ai jamais pensé. Mais oui, ça l'est.

Ryan éteignit la lampe du plafond et grimpa à son tour. Tandis que l'obscurité s'installait, le système solaire s'illumina légèrement dans les murs inclinés au-dessus de lui. Il s'éclaircit la gorge.

— Alors… tout va bien avec Amanda ?

Il y eut un silence pendant un moment et il pensa que Cary s'était peut-être endormi.

— C'est fini entre nous. Ça ne marchait pas. Nous nous disputions tout le temps.

Ryan essaya de garder la voix grave en dépit de son sursaut de joie.

— Je suis désolé de l'entendre.

— Vraiment ?

Le cœur de Ryan manqua un battement. Cary se trouvait de l'autre côté de la pièce et ils ne pouvaient pas se voir, ce qui était une bonne chose puisqu'il avait probablement l'air aussi coupable que possible.

— Bien sûr !

— Mec, c'est cool. Amanda et toi, vous n'avez jamais semblé vous entendre.

— Non. Mais je suis toujours désolé. Je sais que tu tenais à elle.

— Ouais, je suppose. Nous ne nous correspondions pas. Tu veux savoir quelque chose de fou ?

Il s'arrêta avant de continuer.

— Elle était jalouse de toi.

Ryan déglutit difficilement.

— De moi ? répéta-t-il.

Amanda et lui n'avaient jamais été amis, et il avait toujours senti son regard froid sur lui quand elle venait sur le plateau.

— C'est fou. Nous travaillons ensemble. Nous sommes amis.

— Elle n'arrêtait pas d'essayer de me convaincre de quitter la série. Peu importe que j'aie un contrat. Elle pense que notre histoire à la télé va nuire à ma carrière.

— Oh.

Ryan ne put s'empêcher d'être blessé.

— Mais tout le monde sait que tu es hétéro. Tout se passera bien.

Il y eut un long moment de silence.

— Ouais, peu importe. Merci de m'avoir invité pour Noël. Bonne nuit.

Apparemment, Cary ne voulait plus en parler.

— Bonne nuit.

Le silence s'abattit dans la pièce et Ryan ferma les yeux. C'était étrange de partager une chambre avec son partenaire… surtout *cette* chambre. Il avait l'impression que l'atmosphère était tendue, mais il n'en était pas sûr. Après un moment, la respiration de Cary ralentit et Ryan s'enfouit profondément sous les couvertures et se laissa sombrer dans le sommeil. Des visions de Cary dansèrent dans sa tête, avec des étoiles à l'horizon.

Chapitre Trois

— Alors, comment ça marche ?

Ryan sortit de leur allée, se dirigeant vers Shell Bay Road. Elle n'avait pas encore été déneigée, mais le pick-up de son père pourrait gérer les quelques centimètres de neige.

— Eh bien, d'abord, il y a un semis et il pousse sous terre et…

— Ha ha, très marrant, fit Cary en levant les yeux au ciel. Je veux dire, comment coupe-t-on un arbre de Noël ? Nous entrons juste dans la forêt ?

— Oui, je suppose, mais il y a une ferme forestière pas loin.

Le soleil se cacha derrière un nuage et Ryan ajusta le pare-soleil.

Cary plissa les yeux.

— Mec, cette neige est plus lumineuse qu'une plage. Mais c'est joli.

— Surtout quand tu n'as pas à pelleter. L'avantage d'avoir les enfants de Lisa ici, c'est qu'ils doivent faire toutes nos vieilles corvées.

Il s'éclaircit la gorge.

— Euh, pas que je n'aime pas les enfants.

— Bien sûr. Le travail d'esclave est juste un bonus.

— Exactement.

Ils se mirent à rire et bientôt, Ryan tourna sur une route sinueuse qui traversait la forêt.

Heureusement pour eux, elle avait été pelletée, mais il décida quand même de rouler doucement. Le soleil était en partie bloqué par les grands arbres, donnant à l'endroit une atmosphère légèrement mystérieuse. Ryan aperçut un mouvement sur sa gauche et ralentit la voiture. Alors que le pick-up tournait dans un virage, une douzaine d'yeux les regardèrent à l'unisson.

Cary haleta doucement.

— Waouh. Que font-ils tous ici ?

Ryan se gara et coupa le moteur. Les cerfs se tinrent figés, les fixant.

— C'est un poste d'alimentation. Peut-être parce qu'il y a beaucoup de neige cette année. Parfois, les pêcheurs et les chasseurs locaux les nourrissent s'ils ont trop faim. Avec le réchauffement climatique, tout est sens dessus dessous.

— Attends, les chasseurs les nourrissent ? Ils ne les chassent pas ? demanda Cary en regardant autour de lui, comme s'il s'attendait à voir des hommes avec des armes surgir de la forêt.

— Pas avant la saison de la chasse en novembre prochain. Ouais, c'est un peu bizarre quand tu y penses.

— Ouais. Mais c'est cool, je n'ai jamais vu un cerf d'aussi près.

Ryan baissa la vitre et le cerf demeura figé. Après une autre minute, les animaux recommencèrent à manger. Cary défit sa ceinture et se rapprocha un peu plus, son souffle chaud apparaissant dans l'air glacé. Ryan frissonna, mais pas du froid. Son ami se pressa contre lui, se penchant encore pour regarder par la fenêtre.

— Ils sont tellement beaux, murmura-t-il. J'aurais voulu les caresser. Mais je sais que nous ne le pouvons pas.

Il fut silencieux pendant un moment.

— J'espère qu'ils courent vite et que les chasseurs sont de mauvais tireurs.

Ryan sourit.

— Moi aussi, souffla-t-il en retour.

Ils regardèrent le cerf pendant dix minutes jusqu'à ce

qu'un autre véhicule apparaisse, celui-ci plus bruyant et faisant fuir les animaux. Ryan ralluma le moteur et Cary se glissa à nouveau sur son siège. Même avec la fenêtre fermée, il se sentait glacé et abandonné sur son côté droit, là où son compagnon avait été si proche un instant plus tôt.

Une demi-heure plus tard, ils s'efforçaient de marcher dans la neige qui leur arrivait jusqu'aux genoux. Ryan avait une hache suspendue à ses épaules et il montrait le chemin. Cary avait pris des bottes solides, ce qui était une bonne chose puisqu'à Los Angeles, il ne portait que des tongs ou des baskets.

— Comment sais-tu où nous allons ?

Cary regarda l'océan d'arbres qui l'entourait. C'était plus ensoleillé que dans la ferme forestière et les cheveux de Cary brillaient au soleil.

— Ils se ressemblent tous.

Ryan haleta d'un air dramatique.

— Ils se ressemblent ? Non, non. Parmi ces arbres se trouve Le Bon. Le seul vrai arbre que je dois ramener à ma famille. D'habitude, c'est mon père qui m'accompagne dans cette quête. Mais cette année, c'est à toi de prouver ta bravoure, mon bon chevalier !

Cary se mit à rire.

— Est-ce qu'il y a des Orques dans la forêt ? Parce

que je n'ai pas signé pour ça.

— Tu es un guerrier Portigan. Tu peux gérer quelques Orques.

Ryan changea de chemin et s'enfonça plus profondément dans les bois.

— Dommage, j'ai laissé mon pistolet laser à la maison.

La neige craqua sous leurs pieds tandis qu'ils continuaient leur avancée, loin des familles et des autres personnes qui cherchaient leurs propres arbres. Le soleil apparaissait et disparaissait parmi les nuages, cependant, il n'y avait aucun vent, donc même s'il faisait en dessous de zéro, il n'avait pas froid. Du moins pour Ryan. Les joues de Cary étaient toutes roses à cause du froid.

— As-tu assez chaud ? Là, prends ma tuque.

Ryan enleva son bonnet en laine et le lui tendit.

— Ta quoi ? demanda Cary en se mettant à rire. Ça va aller, je vais bien.

— Tu n'es pas habitué au froid. Prends-la.

Après un moment, Cary céda et enfila le bonnet rouge.

— Merci. De quoi ai-je l'air ?

Magnifique. Parfait. Trop sexy.

— Pas mal, répondit Ryan, la voix étrange et il s'éclaircit la gorge. Maman est sûrement en train de te tricoter la tienne pendant que nous parlons, donc j'espère que tu aimes.

Cary sourit.

— Je l'adore.

Après un instant, il s'arrêta de parler.

— Tu vois quelque chose qui te plaît ?

Le cœur battant, Ryan s'étrangla.

— Quoi ?

Cary agita la main autour de lui.

— Les arbres. Tu m'avais l'air d'avoir trouvé le bon.

— Ah oui. Non, pas encore.

Ryan reprit sa marche et espéra que le rougissement de ses joues serait attribué à la température. Il évita un sapin particulièrement grand, puis il le vit.

Le soleil brillait à travers les branches enneigées et épaisses des arbres. Ryan pouvait instantanément imaginer ce sapin garni de lumières et de guirlandes, les ornements de sa famille accrochés aux branches et l'étoile de sa grand-mère au sommet. Ce dernier avait juste la bonne taille pour l'installer au coin du salon… pas trop grand, pas trop petit.

— Parfait ? demanda Cary.

— Ouais. Comment l'as-tu su ?

Son ami sourit.

— Je peux voir la manière dont tu le regardes. Viens,

allons le couper.

Ils prirent leurs tours avec la hache, frappant vigoureusement le tronc. Cary suivit les instructions de Ryan et se concentra sur sa tâche sérieusement. Celui-ci devait arrêter de penser que c'était adorable. Quand l'arbre tomba, Cary sourit.

— Attention ! lança-t-il.

Ils étudièrent le sapin et Ryan ne put s'empêcher de sourire. Ouep, c'était le Bon.

— Alors… maintenant quoi ? Est-ce que les Orques le porteront pour nous ?

— D'habitude, le vieux Barnes nous aiderait à prendre l'arbre et à le couvrir, mais je ne veux pas le réveiller. Tu penses que nous pouvons le faire seuls ? Nous sommes plutôt loin.

— Comme Angelo de la gym dirait ; c'est un entraînement fonctionnel. Peut-être que nous devrions commencer une nouvelle tendance fitness : porter des sapins. À Los Angeles, ce sera des palmiers.

— Je pense que tu tiens une idée là. Tu devrais en informer *Us Weekly*.

Cary se mit à rire et souleva le tronc d'arbre.

— Dieu du Ciel : ils sont juste comme nous ! Ils portent des arbres de Noël à travers la neige !

Ryan prit son côté aussi et ils travaillèrent à l'unisson

pour emporter l'arbre à l'entrée de la ferme. Ce n'était pas un travail facile, et après quelques minutes, la sueur humidifia la nuque de Ryan.

Il posa le sapin sur le sol et prit une poignée de neige qu'il avala. Son ami suivit l'exemple, ses sourcils se fronçant tandis qu'il en posait timidement sur sa langue.

— Pour ton info, nous ne devrions jamais manger de la neige si nous sommes perdus dans les bois, l'informa Ryan en avalant une autre poignée, où elle fondit agréablement dans sa bouche.

— Vraiment ? Pourquoi pas ?

— Tu peux faire de l'hypothermie. Mais je pense que nous ne risquons rien ici, dans la ferme de M. Barnes. Même si nous nous perdons, quelqu'un viendrait tôt ou tard.

— D'accord. Que pouvons-nous faire d'autre avec la neige ?

— Eh bien, n'avale jamais la neige jaune.

— Ha ha. Ça, je le sais.

Cary se baissa et prit une autre poignée avant d'en faire une boule déformée.

— Doit-on faire ça ?

Avant que Ryan ne puisse réagir, la boule de neige le frappa au visage et il cracha.

— J'ai toujours voulu lancer une boule de neige.

Cary sourit et recula.

— Oh, tu l'as cherché, M. Le Californien !

Riant et criant, ils jouèrent à la bataille de boules de neige, se cachant derrière les arbres et se les lançant l'un contre l'autre. Pour un novice, Cary savait viser. Il lança un missile que Ryan dût éviter en se baissant.

— C'est comme lancer une balle de baseball ! cria Cary.

— Sauf que tu me loupes ! Tu as besoin de lunettes, peut-être ?

Les boules de neige firent plusieurs allers-retours, l'arbre oublié alors qu'ils les évitaient, se baissaient et se les lançaient. Ils haletaient tous les deux quand Ryan demanda un temps d'arrêt.

— OK, OK. Je pense qu'on peut dire que tu as pigé le truc. Avec toute la cardio que tu fais, je ne te battrai jamais.

— Alors, tu abandonnes ? sourit Cary.

— La bataille de boules de neige ? Oui.

Ryan essuya son parka et son jean humide. Tandis que Cary s'approchait pour lui serrer la main, il l'attrapa et profita de sa surprise momentanée pour le renverser sur la neige.

— Mais nous avons une autre tradition ici. Le Snow

Job ![1]

Avant que Cary puisse répondre, Ryan lui arracha la tuque rouge et entassa des poignées de neige dans ses cheveux et à l'arrière de sa veste. Son ami se tortilla et donna des coups de pied, riant si fort que son souffle devint haletant.

— D'accord, d'accord, j'abandonne !

Ryan chevaucha les hanches de Cary et plaqua ses bras au-dessus de sa tête.

— Tu es un Canadien à titre honorifique, maintenant.

Le torse haletant alors qu'il reprenait son souffle, Ryan sourit à son ami.

Le visage de Cary était humide et rouge, et un sourire jouait sur ses lèvres. Sa langue sortit et Ryan ne put détourner les yeux. Le désir bouillonna dans ses veines et avant qu'il ne puisse s'en empêcher, il se pencha sur lui et captura sa bouche de la sienne.

Bien que les lèvres de Cary soient froides, la chaleur de sa bouche attira Ryan de manière incontrôlable. Leurs langues dansèrent ensemble et le feu dans ses veines se propagea vers sa queue. C'était si bon et il l'avait voulu

---

[1] Coutume Canadienne à Noël : elle consiste à piéger quelqu'un en lui frottant de la neige sur le visage ou bien en la lui fourrant dans son manteau.

depuis *si longtemps*. Il inspira l'odeur de Cary tandis que celui-ci se libérait les mains et agrippait la tête de Ryan et…

Avec un halètement, Ryan se redressa et trébucha sur ses pieds.

— Je suis désolé ! Bon sang. Je ne voulais pas…

Cary s'assit sur la neige. Ses cheveux étaient humides et ébouriffés, et il prit une inspiration tremblante.

— Ryan…

Celui-ci leva les mains.

— Tu n'as pas à le dire. C'était juste… une mémoire musculaire.

La honte submergea son estomac.

Comment ai-je pu être aussi stupide ?

Cary cilla.

— Mémoire musculaire ?

— Oui, tu sais, de la série. De t'avoir embrassé sur le plateau de tournage. Je ne voulais pas le faire maintenant. Tu sais que je ne ressens pas ça pour toi.

— Oui.

Le visage de Cary était aussi impassible que la pierre tandis qu'il attrapait la tuque et la remettait sur sa tête.

— Bien sûr. Je le sais.

Cary était probablement sous le choc et Ryan pria le ciel pour qu'il n'ait pas détruit leur amitié.

— Sérieusement, tu n'as pas à t'inquiéter. Tu es le dernier gars avec lequel je veux être.

Son ami se remit sur pieds, gardant les yeux baissés. Sa voix fut tendue quand il répondit.

— Je comprends. C'était juste… un accident. Comme tu l'as dit… mémoire musculaire.

Il enleva la neige de son jean et poursuivit.

— Nous devrions rapporter l'arbre.

Super. Il ne peut même pas me regarder.

— Ouais. J'espère que… je ne veux pas que les choses deviennent bizarres entre nous. Surtout pendant ton séjour ici.

Il veut probablement attraper le premier vol vers Los Angeles.

— Veux-tu que je m'en aille ?

L'expression de Cary était toujours impassible et son regard était fixé quelque part à l'horizon. Ses épaules étaient affaissées.

— Non ! Bien sûr que non. Tu es mon meilleur ami. Pouvons-nous oublier ça ?

— Ouais, tout va bien, mec. Juste une autre répétition.

Il tendit son poing que Ryan cogna. Les lèvres de Cary se relevèrent en un sourire avant qu'il ne soulève le tronc de l'arbre tombé et commence à le traîner. Il garda la tête baissée.

— C'EST À *mon* tour de mettre l'étoile ! protesta Amy en tapant des pieds.

— Non. Tu l'as fait l'année dernière. Maaaaaaman, dis-lui qu'elle ne peut pas le faire !

Lisa soupira et but une gorgée de vin.

— Ethan, ne peux-tu pas le faire avec ta sœur ?

Maureen parla de la cuisine, où elle aplatissait une pâte sablée dans un plat et chantait avec l'album de jazz d'Ella Fitzgerald qu'ils écoutaient chaque année.

— C'est Noël, après tout. Le Père Noël veut que vous coopériez l'un avec l'autre.

Grommelant, Ethan et Amy grimpèrent sur l'escabeau. Celle-ci geignit.

— Je ne peux pas l'atteindre !

Tony la hissa.

— Maintenant, tu es plus grande que l'arbre !

Amy gloussa et baissa la main pour redresser l'étoile tandis que son frère la plaçait au sommet.

— Lumière !

À ce signal, Ryan brancha le câble dans la prise près de la cheminée, et tout le sapin s'illumina : rouge, vert, bleu, rose et jaune, avec la lumière blanche de l'étoile… la pièce maîtresse.

— Ta-da !

Tout le monde applaudit et Amy couina tandis que son père la faisait virevolter dans l'air.

Quand Ryan se redressa, il surprit le regard de Cary, mais celui-ci le détourna rapidement. Son estomac se noua et il essaya de cacher une grimace tandis que sa mère lui tendait un verre de lait de poule. Elle posa sa main sur son front.

— Je ne t'ai jamais vu refuser du lait de poule auparavant !

— Je vais bien, Maman, dit Ryan en prenant une autre gorgée de cette boisson sucrée et crémeuse. Tu vois ?

Sa mère corsait toujours le lait de poule d'amaretto et la liqueur d'amande brûla agréablement la gorge de Ryan. Peut-être que tout ce dont il avait besoin, c'était d'un verre pour oublier qu'il était un parfait idiot. Il se concentra sur la voix rauque d'Ella qui conseillait d'une manière désinvolte de faire un bonhomme de neige dans la prairie et de l'appeler Parson Brown.

Il en était à son deuxième verre quand sa mère apporta un plateau de roulés à la saucisse et s'installa sur le canapé à côté de lui. Cary était assis sur l'un des fauteuils et le reste de la famille dans différents sièges ou sur le tapis épais. L'arbre de Noël jeta une lumière colorée sur tout le monde et Ryan grignota joyeusement un roulé de saucisse.

Peut-être que tout irait bien. Cela avait été un peu embarrassant avec Cary depuis… l'incident. Mais il semblait normal maintenant, mangeant et parlant à Ethan de la dernière édition de *Halo*. Tout irait bien. Cary et lui avaient été amis depuis un long moment maintenant – du moins, d'après les années hollywoo-diennes – et c'était juste un baiser stupide. Son partenaire avait été génial à ce sujet et ils allaient passer à autre chose. Oui, tout irait bien.

— L'autre jour, j'étais dans le bureau du Dr Fein-berg.

L'esprit de Ryan revint brusquement à sa mère.

— Tout va bien, Maman ?

— Quoi ? Oh oui. Je voulais juste traiter une verrue sur mon pied.

Amy plissa le nez.

— Beurrrrk !

— Je suis d'accord avec Amy, cette fois-ci, Maman, ajouta Lisa de l'autre côté du canapé.

— Ce que je veux dire, c'est que je lisais un article sur ce David Baker. Tu sais, celui des films.

C'est parti.

— Oh. Ouais, j'ai entendu dire qu'il avait fait son coming-out.

Maureen se pencha vers lui et murmura :

— Et il est célibataire !

— Maman, je ne le connais même pas.

— Mais vous êtes tous les deux acteurs ! Bien sûr que tu le connais. Ne penses-tu pas qu'il est beau ?

— Maureen, laisse-le tranquille, intervint le père de Ryan en relevant les yeux du magazine qu'il feuilletait.

Ignorant son mari, elle se tourna vers Cary.

— Tu le connais ?

Cary haussa les épaules.

— Pas vraiment. Je l'ai rencontré une fois aux Golden Globes. Il a fait un film avec mon père.

— Tu vois ? Ryan, tu devrais demander à Cary de vous présenter. Cary, ne penses-tu pas qu'ils formeraient un beau couple ?

— Ouais, pas de problème, répondit celui-ci en jouant avec sa serviette en papier, la découpant en bandelettes bien soignées.

— *Maman.* Assez. Je sais que tu veux bien faire, mais je n'ai besoin d'aucune aide dans ma vie personnelle.

— Eh bien, ça fait *longtemps* que tu n'as pas eu de petit ami, marmonna Lisa.

— Toi aussi ! répondit-il en lui lançant un regard noir.

D'accord, il était vrai qu'il n'était sorti avec personne sérieusement depuis… eh bien, depuis sa rencontre avec Cary.

— Je n'ai pas le temps pour un petit ami. Nous travaillons quinze heures par jour.

— Mais tu ne travailles pas en été, intervint Tony. Et Cary a le temps pour une petite amie.

Ryan serra la mâchoire.

— Comment sais-tu ça ?

— Maria suit la vie amoureuse de Cary comme si c'était un match de Hockey.

À Cary, il ajouta :

— Ça doit être bizarre, hein ?

Ce dernier se tortilla sur son siège et haussa les épaules, clairement mal à l'aise. Seigneur, c'était bien assez dur que Ryan ait dépassé les limites et l'ait embrassé… maintenant, tout le monde allait commencer à parler d'Amanda. Il intervint avant que quiconque puisse dire quoi que ce soit.

— Écoutez, quand je rencontrerai l'homme parfait, je vous le dirai en premier, d'accord ?

Jack s'éclaircit la gorge.

— Oui, je pense que vous l'avez assez grillé pour

aujourd'hui. C'est Noël, pas un interrogatoire.

La mère de Ryan soupira.

— Je suis désolée, chéri. Je veux juste que tu sois heureux. Y a-t-il une personne qui t'intéresse en ce moment ?

Le souvenir des fossettes de Cary et du goût chaud de sa bouche envahit l'esprit de Ryan.

— Non ! Personne.

Il garda son regard fixé sur son verre.

— Maman, je pense que nous devrions vérifier le rôti. Les enfants, allez mettre la table, s'il vous plaît.

Lisa serra l'épaule de son frère en passant derrière le canapé.

Ryan regarda Cary, celui-ci était en train de lire un des magazines de pêche de son père. Il était apparemment absorbé et ne releva les yeux que lorsqu'on l'appela pour dîner.

TIRANT SUR SON pyjama de Noël ridicule, Ryan essaya de se mettre à l'aise sur son lit étroit. Il entendit Cary grimper sur l'échelle et se demanda s'il devait feindre de dormir ou non. Mais il apparut avant qu'il ne puisse décider et leurs yeux se croisèrent. Ryan jura qu'un courant électrique étincela dans l'air entre eux, cependant, il avait clairement bu trop de lait de poule.

Les cheveux de Cary étaient humides et il essuya son visage une dernière fois avant d'accrocher la serviette au bout du lit. Son tee-shirt collait à ses muscles minces et Ryan pensa à ce que son ami avait dit la veille, à propos du fait de dormir nu.

Arrête. Danger. Replie-toi !

Ryan fixa le système solaire lumineux au-dessus de lui alors que son ami éteignait la lumière et grimpait dans son lit. Il savait qu'il devrait dire quelque chose et se demandait quoi aborder quand Cary le devança.

— Hé, tu penses que ça dérangerait tes parents si je passe un appel longue distance ? Je payerai pour ça. J'utiliserais bien mon téléphone portable, mais il n'y a pas de réseau, alors…

— Oui. Pas de problème. Et tu peux donner à tes parents notre numéro dans le cas où ils voudraient t'appeler. Ça ne dérangera pas mes parents.

Il y eut un silence.

— Pourquoi appelleraient-ils ?

— Oh, demain, c'est Noël. Je pensais… mais ouais, ta famille ne le fête pas.

Les paumes de Ryan le grattèrent et il se sentit comme un idiot. C'était comme si chaque parole qui sortait de sa bouche empirait les choses.

— Non. Bref, je vais appeler Amanda et m'excuser.

Ryan se redressa d'un bond du lit et se cogna presque la tête contre le toit incliné.

— *Amanda* ? Je pensais… je veux dire, tu as dit qu'elle n'était pas la bonne pour toi.

— Je me suis emporté. Je devrais m'excuser et essayer d'arranger les choses entre nous. Je peux probablement avancer mon vol et rentrer pour le Nouvel An. C'est sa fête favorite.

— D'accord, OK. Ouais, tu peux utiliser le téléphone autant que tu veux.

— Cool. Merci.

Alors que les minutes s'écoulaient, Ryan releva les yeux vers les planètes et les étoiles étincelantes. Il tendit l'oreille pour voir si Cary s'endormait, mais dans le silence tendu, il ne semblait pas trouver le sommeil non plus. Ryan se maudit à nouveau. Pendant un an et demi, il avait caché ses sentiments et durant un instant d'égarement, il avait tout gâché.

Ryan ne pouvait pas le blâmer d'être bouleversé. Cary lui avait fait confiance en tant qu'ami… pas pour lui faire des avances. Surtout quand il venait juste de rompre. Sans mentionner le fait qu'il était *hétéro*. Il était venu en vacances pour se détendre et s'éloigner de tout ça, et

Ryan avait juste empiré les choses. Il ne pouvait pas le blâmer de vouloir partir.

Tandis que les minutes passaient, Ryan fit un vœu : qu'il puisse demander au Père Noël de lui accorder une seconde chance.

Chapitre Quatre

— Tu vois à quel point cette glace est épaisse ? Dis à ta mère qu'elle s'inquiète pour rien.

Ryan hocha la tête consciencieusement.

— Oui, Papa. Mais il est un peu tôt pour sortir la hutte. Je ne me rappelle plus de la dernière fois où tu as pêché en décembre. C'est agréable.

À côté de lui, Cary se décala sur le banc en bois, son genou effleurant celui de Ryan. L'endroit était étroit dans la cabane, Tony et lui étaient assis sur le siège. De l'autre côté du trou de pêche scié dans la glace, le père de Ryan s'adossa sur sa chaise pliante.

Un feu dans le tambour métallique gardait la hutte relativement chaude, et bien entendu, les murs et le toit en bois les protégeaient du vent. Une cheminée canalisait la fumée vers l'extérieur et une lampe à gaz était accrochée à un crochet au plafond.

— Maintenant, je sais que ce n'est pas grand-chose, Cary, mais j'ai attrapé beaucoup de poissons dans cette hutte. Les gens d'aujourd'hui préfèrent le confort moderne, cependant, tout ce dont j'ai besoin est un siège, un feu et un trou dans la glace pour ma canne à pêche.

Cary sourit.

— C'est super. J'aurais voulu pêcher quand j'étais petit.

Il fit courir ses mains gantées sur la canne et le moulinet qu'il tenait.

— J'adore être ici.

— Tu n'as pas trop froid ? C'est loin d'être Malibu, je sais, dit Jack en souriant gentiment.

Les lèvres de Cary étaient pratiquement bleues, mais il secoua la tête.

— Ça va. Depuis combien de temps vous avez cette hutte ?

— Hmmm. Je pense que ça fait vingt ans, maintenant. Ryan avait cinq ans quand nous l'avons acheté. Elle était terriblement délabrée et nous l'avons arrangée au cours des années. Si nous avions écouté Ryan, nous aurions construit un manoir. Toutefois, elle nous correspond mieux comme elle est.

Ryan leva les yeux au ciel.

— Je ne voulais pas construire un manoir. Je voulais juste payer pour le travail du toit. Tu sais que tu ne peux pas repousser jusqu'au prochain hiver.

— Et je ne le ferai pas. Je prends ma retraite, cet été, et j'aurais beaucoup de temps pour faire le travail.

— Ryan m'a dit que vous travaillez pour le gouvernement. Avez-vous hâte de prendre votre retraite ? demanda Cary.

Jack sourit.

— Oh que oui. J'ai passé beaucoup de temps en tant qu'agent de l'État. Je veux passer un peu de temps à pêcher avant que la Baie ne sèche. Le niveau d'eau ne cesse de baisser et l'année dernière, nous avons à peine eu un Noël blanc.

Ryan et Tony se regardèrent. Jack pouvait parler pendant des heures du réchauffement climatique, des niveaux d'eau, de leur impact sur l'environnement… et de la pêche.

Tony se leva.

— Eh bien, j'ai eu ma dose, les gars. Je vais rapporter les poissons à la maison.

Jack vérifia sa montre et soupira.

— Je suppose que nous devrions rentrer.

— Je veux juste attraper un autre poisson. Cela ne vous dérange pas si je reste encore un peu ? demanda

Cary.

— Non. Je vais te tenir compagnie, répondit Ryan rapidement.

Son père se mit à rire tandis qu'il se levait et étirait ses bras au-dessus de sa tête. Ses mains effleurèrent le plafond.

— Je ne t'ai jamais vu aussi impatient de pêcher, fils. Je devais te traîner ici pour le faire.

Haussant les épaules, Ryan joua avec sa canne.

— Ce n'est pas si mal, après tout.

— Je suppose que puisque tu es plus âgé et plus sage, tu peux finalement apprécier les plaisirs de la vie.

Jack ébouriffa les cheveux de Ryan et celui-ci s'écarta en riant.

Ryan et Cary se levèrent pour que Tony puisse passer. La canne de Ryan plongea avec insistance et il s'assit rapidement pour attraper le poisson pendant que Cary levait le seau.

— Vous pourrez arracher les appâts ? Rappelez-vous juste ce que je vous ai montré, dit Jack. Nous prendrons la glacière et vous pouvez ramener le reste dans le seau. Ne restez pas longtemps. Ta mère va bientôt servir le dîner.

— Merci, M. Drake. Nous n'en avons pas pour longtemps.

— C'est Jack, rappelle-toi ?

Cary sourit.

— Merci, Jack.

Il se leva tandis que Jack et Tony partaient. Quand il se rassit, il laissa une distance entre lui et Ryan sur le banc.

— Tu n'as pas à rester si tu ne veux pas.

Ryan bougea et libéra un peu la ligne de sa canne.

— Veux-tu être seul ? Je peux partir.

— Peu importe. Si tu veux rester, c'est cool.

— D'accord.

Ryan détestait le malaise qui s'était installé entre eux. Cary et lui avaient toujours été à l'aise l'un avec l'autre et maintenant, il avait tout changé.

Il s'éclaircit la gorge.

— Je dois t'avouer que je ne te prenais pas pour un fan de la pêche sur glace.

Cary remua sa canne de haut en bas et haussa les épaules.

— C'est paisible.

Ils s'assirent en silence pendant quelques minutes jusqu'à ce que les paroles qui tournaient dans l'esprit de Ryan sortent par sa bouche.

— Je ne pense pas que tu doives appeler Amanda.

Cary se tendit visiblement.

— Pourquoi pas ?

— Tu l'as dit toi-même. Vous n'êtes pas faits l'un pour l'autre.

— Ouais, eh bien. Peut-être que je ne sais pas qui est fait pour moi. Je pensais le savoir, mais j'ai eu tort.

Ryan fronça les sourcils.

— Que veux-tu dire ?

— Oublie ça, répondit Cary.

Ce dernier garda son regard fixé sur le trou dans la glace où leurs lignes de pêche disparaissaient. Il soupira.

— Peut-être que je devrais y aller. C'est votre fête à toi et ta famille et je me suis incrusté.

— C'est ton Noël aussi.

La pensée de quitter Cary était insupportable.

— De plus, c'est le réveillon de Noël. Il n'y aura pas de vols disponibles.

— C'est juste…

Cary frotta une main sur son visage.

— Quoi ? demanda Ryan, la gorge serrée.

Il réalisa que ses mains tremblaient et pas à cause du froid. Il fixa sa canne sur l'un des supports métalliques que son père avait fabriqués et prit une gorgée de café froid du thermos.

— Être avec toi… c'est dur.

Les yeux de Ryan lui brûlèrent et il les cligna rapidement, ne regardant pas Cary.

— Je comprends. Je ne veux pas que tu sois mal à l'aise. Si tu souhaites partir, je suppose que ce serait pour le mieux.

— Oui. D'accord. Je suis sûr qu'Amanda va me reprendre. Je pourrais la retrouver au spa. J'obtiendrai un billet d'une certaine manière, déclara Cary d'une voix tendue.

Il devait le dire.

— Je pense juste que tu mérites mieux.

— Qu'est-ce que ça peut te faire ? demanda brusquement Cary.

Ryan cilla avant de répondre.

— Tu es mon ami. Quand j'ai emménagé à Los Angeles, j'ai perdu contact avec tous mes amis de Toronto et c'est difficile de rencontrer quelqu'un dans ce milieu qui est authentique, tu sais ?

Il savait qu'il babillait, mais il ne pouvait pas s'arrêter.

— J'allais aux fêtes et aux bars, mais depuis notre rencontre et que j'ai commencé à travailler dans la série, je ne me suis plus senti seul. Tu n'es pas juste mon ami… tu es mon meilleur ami.

Cary bondit sur ses pieds et commença à remonter sa ligne.

— Ouais, j'ai compris. Tu as été très clair, Ryan.

— Quoi ?

Des nausées contractèrent son estomac et il se leva à son tour. Tout allait de travers.

S'il te plaît, ne me déteste pas.

— Si c'est à propos d'hier…

— Écoute, j'ai saisi, le coupa Cary en remontant toute sa ligne et en fixant l'appât qui se balançait d'avant et en arrière. Je suis un idiot, n'est-ce pas ? Je pensais… Seigneur, j'ai refusé d'admettre ce que je ressentais depuis tellement longtemps et moi qui croyais qu'il pourrait y avoir quelque chose entre nous.

Ryan avait l'impression que tout l'air avait été aspiré de la hutte. Il haleta tandis que son esprit essayait de comprendre.

— Tu… nous ?

Cary grimaça.

— Je suis désolé. C'est stupide, hein ? J'ai toujours pensé que nous avions une connexion en tant qu'amis, mais…

— Mais ? demanda Ryan, le mot sortant difficilement.

— Mais une fois que Steven et Kishi se sont mis ensemble dans la série et que j'ai pu t'embrasser…

Il expira un long soupir, une expression misérable

assombrissant son visage tandis qu'il fermait ses yeux.

— J'ai réalisé combien je te désirais. J'ai pensé que tu me voulais aussi, mais tu faisais juste ton travail.

Cary rouvrit les yeux et garda le regard baissé.

— Tu as été très clair hier ; tu n'es pas intéressé par moi. J'ai tout imaginé, et maintenant, j'ai rendu les choses entre nous bizarres et embarrassantes. Alors, je vais juste partir, nous pouvons redevenir amis à Los Angeles et je vais essayer d'oublier tout ce qui s'est passé, d'accord ?

— Tu… ressens…

La tête de Ryan tournait à toute allure.

— Pour moi ? répéta-t-il, l'incrédulité, l'espoir et l'affection faisant fondre son cœur, il ne put arrêter le rire incrédule qui sortit de sa bouche. Je *t'attire* ?

Cary posa sa canne contre le mur et croisa les bras. Le bout de ses oreilles rougit.

— Je suis désolé. C'est ridicule et tu ne m'aimes pas de cette manière et…

— Oh, mon Dieu, ferme-la et embrasse-moi, lâcha Ryan en attirant Cary contre lui et pressant leurs lèvres ensemble.

Ses mains s'enfouirent dans les cheveux de Cary et la bouche de celui-ci s'ouvrit, permettant à leurs langues de danser ensemble. Il attrapa les hanches de Ryan et ils trébuchèrent contre le mur de la hutte, manquant heureusement le trou de pêche tandis que le banc se renversait. La lanterne se balançait au-dessus d'eux, créant des effets d'ombre.

Haletant, Ryan rompit le baiser.

— Je dois rêver.

— Tu as dit que tu ne me voulais pas.

Cary le fixait, le visage si ouvert et vulnérable, se mordant les lèvres.

Ryan ne put que rire.

— Je pensais que tu serais *en colère* contre moi. Je pensais que tu étais hétéro.

— Je ne sais pas ce que je suis. Tout ce que je sais, c'est que je te veux.

Il cala sa cuisse entre celles de Ryan.

Cary l'embrassa à nouveau, enfonçant sa langue dans la bouche de son futur amant tandis qu'ils se frottaient l'un contre l'autre. Ils portaient bien trop de vêtements et leurs mains étaient aussi maladroites que possible en essayant de se caresser, mourant d'envie de se toucher, mais ne voulant pas s'arrêter.

Ryan pensa qu'il allait jouir avec le goût de la bouche de Cary seulement, ou des petits gémissements qui s'échappèrent de ses lèvres quand Ryan réussit à poser ses mains sur le cul couvert d'un jean de son partenaire sous sa parka. Ils se frottèrent l'un contre l'autre, tous les deux durs dans leurs pantalons.

Ils chuchotèrent entre deux baisers haletants.

— J'ai voulu ça depuis si longtemps. Je te désire tellement, murmura Ryan. Je pensais que tu me détesterais si tu le savais. J'ai cru avoir tout gâché.

— Je ne pourrais jamais te détester, souffla Cary en l'embrassant à nouveau, sa langue glissant sur celle de Ryan. Je devenais fou. Je te voulais tellement. Je me masturbais dans ma caravane tous les jours avant nos scènes, pour ne pas être dur quand je te toucherais.

Gémissant, Ryan agrippa le cul de Cary plus fort et releva une jambe sur ses jambes pour avoir un bon angle.

Si c'est un rêve, je ne veux plus me réveiller.

Sa queue fuyante était piégée dans son jean et il allait jouir dans son pantalon comme un gamin, mais il s'en fichait.

— Je n'ai jamais pensé…

Ils continuèrent à se balancer l'un contre l'autre et les boules de Ryan picotèrent. Il effleura les joues de Cary de ses doigts.

— Je ne peux pas croire que tu me désires aussi.

Ils se remirent à s'embrasser, et après quelques ondulations frénétiques, Ryan jouit, les jambes tremblantes tandis que le plaisir le frappait. Cary suça la peau sensible de son cou, ses hanches cherchant toujours la friction. Ryan se laissa tomber sur ses genoux et plaqua son amant contre le mur, un nouveau désespoir fouettant son corps comme l'électricité le faisait avec un câble.

Il réussit à ouvrir le jean de Cary. La parka était gênante et lourde et se mettait en travers de son chemin, mais Ryan se contenta de la relever tandis qu'il ouvrait le pantalon de son amant et sortait son membre. Il était épais et rouge, le bout brillant. Ryan l'enfonça dans sa bouche et tourbillonna sa langue autour du gland, savourant le goût musqué et son odeur. Il pouvait faire ça toute la journée.

Cary était pratiquement en train de geindre, ses doigts serrant les cheveux de Ryan pendant que celui-ci le suçait. *Je suce la queue de Cary. Ça arrive vraiment.*

— Ry, je vais…

Les hanches de Cary perdaient de leur rythme et il gémit.

Ryan déglutit convulsivement et avala chaque goutte de sa jouissance. S'affaissant contre le mur de la hutte, Cary caressa les cheveux de son amant et respira lourdement. Il y avait de la sueur au-dessus de sa lèvre et Ryan se remit sur pieds pour l'embrasser profondément.

Carry colla leurs fronts l'un contre l'autre.

— Je me sens si bien avec toi.

Il prit une profonde inspiration.

— Donc, je suppose que je n'étais pas en train d'imaginer ? Tu me veux vraiment ?

Ryan prit le visage de son amant dans ses mains.

— Depuis notre première rencontre, répondit-il en faisant courir son pouce sur la lèvre inférieure de Cary. Je voulais t'embrasser. Je voulais… tout.

Il se pencha vers lui et…

— Les garçons ! retentit la voix de Maureen dans le vent.

Après un autre baiser, ils se séparèrent avec réticence et arrangèrent leurs parkas. Heureusement, ils avaient leurs manteaux et des couches de vêtements pour cacher les endroits humides sur leurs jeans et ils pourraient se changer avant le dîner. Ryan éteignit le feu et la lanterne et ouvrit la porte de la hutte. La dernière lumière orange du soleil couchant illumina la Baie Georgienne, se reflétant doucement sur la neige.

— Waouh ! s'exclama Cary en le rejoignant à l'extérieur et en relevant les yeux. Peut-être que nous pourrons voir les étoiles cette nuit. Peux-tu les apercevoir de ta chambre ?

Le corps de Ryan bourdonna de désir. Il déglutit difficilement.

— Ouais.

Cary croisa son regard, l'avidité dans ses yeux claire comme le jour.

— Je suis fatigué de la pêche. Je pense que je me coucherai tôt.

Ryan hocha la tête.

— Moi aussi.

— Vous venez ? lança à nouveau Maureen, sa voix retentissant à travers la baie gelée de la terrasse de leur cottage, à une centaine de mètres de là.

Se regardant l'un l'autre, Ryan et Cary gloussèrent.

— Oui ! répondit Ryan.

Ils reprirent le chemin du retour dans la glace, glissant à quelques endroits où il n'avait pas beaucoup neigé, leur rire faisant écho dans le silence de cette nuit hivernale.

FINALEMENT, ILS DURENT assister non seulement au dîner, mais également au Scrabble *et* au Monopoly. Aussi impatient que Ryan soit d'être seul avec Cary, il avait peur que tout le monde sache exactement ce qui se passait dans leurs têtes s'ils essayaient de s'en aller plus tôt. En fait, il avait l'impression que tout le monde savait, même si personne n'agissait différemment.

— Va directement en prison et ne prends pas les 200 dollars, récita Ethan.

Avec un grognement, il glissa son pion sur la case « prison ».

— Ça craint, putain.

Tandis que Lisa et Tony lui faisaient la leçon sur son langage, Ryan regarda Cary qui était assis en face de lui à la table du dîner et le surprit en train de le fixer aussi. Son ami baissa rapidement les yeux pour jouer avec sa monnaie colorée. Il ne pouvait pas croire que cela arrivait vraiment. Il avait été tellement horrifié lorsqu'il l'avait embrassé à la ferme forestière, mais Cary *l'avait voulu*.

Cela ne lui paraissait pas possible. Ryan s'était tellement efforcé de cacher ses propres sentiments qu'il avait en quelque sorte manqué ceux de Cary. Il avait beaucoup de questions. Son ami était-il gay ? Quand avait-il commencé à ressentir ça ? Allaient-ils former un couple maintenant ?

— Oncle Ryan ?

Ce dernier se concentra sur Amy, qui était assise au bout de la table.

— Oui ?

— Pourquoi tu es si heureux ? Tu n'as aucun bien. Pas même un chemin de fer.

— Je sais. Mais c'est Noël. Bien sûr que je suis heureux.

Il garda ses yeux sur sa nièce.

— Je suis là avec ma nièce préférée, après tout.

Amy fronça les sourcils.

— Je suis ta seule nièce.

— Quoi ? Tu en es certaine ? Lisa, tu n'as pas d'autres filles ici ? Je suis sûr qu'il y en a deux autres.

Lisa fit mine de réfléchir.

— Chéri, qu'avons-nous fait de nos deux autres filles ?

Tony se caressa le menton.

— Maintenant que tu le mentionnes, je pense que nous les avons peut-être laissées en Floride quand nous sommes allés rendre visite à ma famille à St Pete, cet hiver-là.

— Non, ce n'est pas vrai ! s'exclama Amy en gloussant. Je suis votre seule fille.

Jack, qui était assis dans son fauteuil inclinable, près de la cheminée et à côté du sapin, intervint :

— Je me rappelle bien de deux autres petites filles. Je pense qu'elles ont été mangées par les ours.

— Non ! cria Amy, riant et secouant la tête.

La mère de Ryan apporta une assiette de biscuits de la cuisine et un plateau de thé et du chocolat chaud. Tandis que tout le monde riait et taquinait Amy, Ryan donna à Cary son mug. Leurs doigts s'effleurèrent et sous la table, ce dernier appuya son pied contre le sien. Même à travers leurs chaussettes de laine, Ryan aurait pu jurer sentir une étincelle.

Finalement, il fut temps de se coucher. Les chaussettes avaient été accrochées au-dessus de la cheminée depuis des jours, mais Amy insista pour s'assurer qu'ils soient tous là… ainsi qu'une assiette de biscuits et un verre de lait. Elle jeta un coup d'œil à Cary, les sourcils froncés, puis regarda la cheminée.

— Tu es sûr que le Père Noël saura que tu es là, Oncle Cary ? demanda-t-elle. Il pourrait confondre. Nous devrions écrire ton prénom sur ta chaussette.

Cary sourit.

— Ça va aller, ma douce. Je n'ai pas de chaussette ici. Je suis certain que le Père Noël me laissera des cadeaux dans ma maison à Los Angeles.

— Bien sûr que tu as ta chaussette !

Amy semblait scandalisée à la pensée qu'il ne puisse pas en avoir.

— Regarde, dit-elle en indiquant chaque chaussette.

— Grand-mère, Grand-père, Papa, Maman, Oncle Ryan, Ethan et toi. Mais la tienne n'a pas ton prénom dessus.

Pendant un moment, Cary ne dit rien. Il s'éclaircit

enfin la gorge.

— Ça va aller. Je suis sûr que le Père Noël saura.

Il se tourna vers les parents de Ryan.

— Merci. Vous n'étiez pas obligé de faire ça.

Maureen agita la main.

— Arrête de dire des bêtises. Tout le monde a besoin d'une chaussette pour Noël ! J'aurais bien cousu ton prénom, cependant, j'étais tellement occupée avec la dinde et la chapelure que je n'ai pas eu le temps. Et ma fille chérie ne peut pas coudre un bouton, même pour sauver sa vie.

— Parce qu'elle travaille douze heures par jour à l'hôpital et qu'elle choisit de payer des gens pour lui coudre des choses, répliqua Lisa.

Maureen ricana avec bonhomie.

— Elle dit ça comme si je n'ai pas été infirmière moi-même pendant trente-cinq ans.

— Mais tu es une superwoman, rappelle-toi ?

Lisa se mit à rire et embrassa sa mère.

— Très bien, les enfants. Allez vous brosser les dents et vous coucher, ou vous serez sur la liste des vilains du Père Noël.

Tandis qu'Amy haletait, horrifiée et se dirigeait pré-cipitamment vers les escaliers, Ethan leva les yeux au ciel.

— Ce n'est pas comme si le Père Noël allait…

— Faire attention cette nuit parce qu'il est trop oc-cupé ? le coupa Tony avec un regard noir. Le Père Noël a beaucoup de talents. Maintenant, allez-y.

Dans sa barbe, il ajouta :

— Et ne gâche pas ça pour ta sœur, tu m'entends.

— Très bien, très bien. Désolé.

Ethan suivit Amy, avec Lisa et Tony, sur leurs talons.

Jack étira ses bras au-dessus de sa tête et bâilla.

— Moi aussi. Ryan, voulez-vous, Cary et toi, nous faire les honneurs ? demanda-t-il en montrant le plateau de biscuits.

— Soit ça, ou bien je les remets dans la boîte, je suis gavée, ajouta Maureen.

— Oui. Cary et moi allons débarrasser, dit Ryan en embrassant sa joue. Merci, Maman. Joyeux Noël.

— Joyeux Noël. Dormez bien.

Alors que ses parents se dirigeaient au premier étage, Ryan éteignit les autres lampes jusqu'à ce qu'il ne reste que l'arbre de Noël illuminé à côté de la cheminée. Cary se tenait près de la fenêtre, les lumières colorées faisant briller ses cheveux blonds.

— Il neige encore.

Ryan le rejoignit et avec un rapide coup d'œil vers les escaliers, il enveloppa Cary de ses bras. Bien que celui-ci soit plus large, Ryan avait l'impression que leurs corps s'emboîtaient parfaitement ensemble. Il embrassa la nuque de son amant.

— J'ai le sentiment que tous mes vœux de Noël ont été exaucés.

Cary posa sa main sur celle de Ryan et entrelaça leurs doigts.

— Je n'ai jamais fait de vœux de Noël et je suppose que je suis sur la liste des gentils, cette année.

Ils regardèrent la neige tomber à l'extérieur, l'arbre derrière eux se reflétant doucement sur la vitre.

— Je suppose que nous devons parler, murmura Cary.

Ryan déposa des baisers sur le cou de son amant, trouvant un endroit sensible derrière son oreille qui le fit haleter.

— Je suppose que oui.

Cary se tourna dans les bras de Ryan.

— Mais je ne le veux pas.

Ryan ne sut pas combien de temps ils restèrent là, à s'embrasser. Ils explorèrent leurs bouches lentement et profondément, il avait la tête qui tournait quand il prit la main de Cary et le conduisit en haut. Ils arrivèrent à monter l'échelle tout en s'embrassant toujours, même s'ils se retrouvèrent en un amas sur le sol de la chambre.

Ils retirèrent rapidement leurs vêtements et jetèrent

leurs sweaters et jeans de côté. Le tapis était défraîchi, donc Ryan prit sa couverture et l'étala avant de s'allonger. Cary chevaucha ses hanches, et Ryan but du regard sa peau nue sous le clair de lune. Il fit courir ses mains sur le torse et les épaules musclées de son amant, explorant chaque centimètre.

— On dirait que tu ne m'as jamais vu torse nu, auparavant, lâcha Cary, avec un rire nerveux.

— Pas comme ça.

Ryan se releva sur un coude et suça lentement le téton de Cary.

— Pas quand je peux *vraiment* regarder.

Il passa à l'autre téton et fit courir le bout de ses doigts sur sa colonne vertébrale avant de taquiner la raie de ses fesses. Il murmura contre sa peau.

— Pas quand je peux vraiment toucher.

Avec un grognement, Cary enfouit sa main dans les cheveux de Ryan et écrasa leurs bouches ensemble. Il se redressa avant de donner un coup de reins désespéré.

— Je te veux tellement, Ry.

La sensation du corps mince et puissant de Cary contre le sien, de la tête aux pieds, était intoxicante.

Ryan écarta ses jambes et l'attira plus près de lui. Leurs queues se frottèrent l'une contre l'autre et il trembla d'une envie et d'un *besoin* fébrile. D'une minute à l'autre, il allait se réveiller et tout ceci ne serait qu'un rêve, mais jusque-là, il s'accrocha à Cary.

— Je ne… je ne sais pas ce que je fais, marmonna Cary. Je veux dire… je n'ai jamais… avec un homme. Pas vraiment.

— Ça va aller.

Ryan se força à prendre une longue inspiration profonde et immobilisa ses hanches, même si sa queue pulsante protesta vigoureusement.

— Nous pouvons aller lentement.

Ce qu'il voulait vraiment était le membre de Cary en lui, tout de suite, mais il ne voulait pas l'effrayer.

Cary releva un peu son poids de sa hanche et tendit la main pour envelopper le sexe de Ryan. Il le caressa timidement.

Ravalant un grognement, Ryan s'enfonçait dans la chaleur que constituait la paume de son amant.

— Ça, ça marche.

— Tu as dit une fois…, commença Cary en prenant une profonde inspiration. Tu te rappelles de la soirée de la fin de tournage de la saison une quand nous avons beaucoup bu et que nous avions joué à *Action ou Vérité* ?

— Vaguement ?

Il était difficile de se concentrer sur quoi que ce soit, mis à part la main de Cary sur sa queue. Ryan essaya désespérément de se rappeler ce qu'il avait dit dans le brouillard épais de la Corona et de la téquila… il n'y arriva pas.

— Tu as dit que tu étais un passif.

Cary prit une profonde inspiration et débita rapidement :

— Donc-si-tu-aimes-ça-alors-peut-être-que-je-pourrais-te-baiser ?

Ryan éclata de rire et prit le visage de Cary dans ses mains. Il l'embrassa passionnément.

— J'ai voulu ta queue en moi depuis notre audition.

Les fossettes de Cary se creusèrent.

— Donc, c'est un oui ? demanda-t-il en taquinant la fente du membre de Ryan avec son pouce.

— Oui, oui, o… merde.

Cary se raidit.

— Quoi ? Qu'est-ce que…

— Je n'ai pas ce qu'il faut.

Il jura.

— Et je ne pense pas que le Père Noël va nous laisser des préservatifs et du lubrifiant dans nos souliers, cette nuit.

— Oh, fit Cary en se détendant et en embrassant son amant. Ça va aller. J'en ai acheté. Juste au cas où.

Le corps entier de Ryan picota.

Juste au cas où il coucherait avec moi.

— T'as dû être un Boy scout, toi.

Le sourire de Cary était triste.

— Non. J'ai essayé pendant une année, mais j'ai manqué la moitié des séances parce que je devais me déplacer avec mon père.

— Eh bien, tu vas gagner un insigne, cette nuit. Probablement beaucoup.

Gloussant, Cary se précipita vers sa valise. Ryan frissonna sans la chaleur de son corps, mais bientôt, son amant fut de retour avec une boîte de préservatifs et un tube de lubrifiant qui semblait venir de Costco.

— Tu es venu *vraiment* préparé.

À genoux près des pieds de Ryan, Cary ouvrit le couvercle avec un sourire et en mit un peu sur ses doigts. Puis il s'interrompit, les sourcils froncés.

— Ils ne font jamais ça dans les vidéos, remarqua-t-il.

— Donc, tu as regardé du porno gay ?

La pensée rendit la gorge de Ryan sèche.

— Euh… oui, j'étais curieux.

Est-ce que c'est réel ?

— As-tu aimé ?

Cary hocha la tête, sa pomme d'Adam descendant et remontant alors qu'il déglutissait difficilement.

Sa voix basse semblait étrangère à ses propres oreilles,

Ryan demanda :

— T'es-tu masturbé pendant que tu regardais ?

Un autre hochement de tête.

As-tu pensé à moi ?

Ryan ne put poser cette question. Sa gorge était trop sèche.

— J'ai imaginé que c'était toi, murmura Cary. Que je te baisais.

Ryan écarta largement les jambes et releva ses genoux, exposant son entrée. Puis il prit sa main.

— Utilise tes doigts. Ouvre-moi pour ta queue.

Le souffle tremblant, Cary posa à peine ses doigts humides sur l'entrée de Ryan. Celui-ci prit son poignet d'un air impatient.

— Plus. Ça va aller.

— C'est bon ?

Son regard était fixé sur l'entrée de Ryan tandis qu'il l'ouvrait avec un long doigt puis deux.

— Bon sang, t'es si serré.

Il frissonna et caressa sa queue.

Ryan lui adressa un brusque hochement de tête, pressant leurs lèvres ensemble pour avaler ses gémissements alors que Cary le pénétrait de ses doigts. Il écarta les jambes un peu plus, plus naturellement qu'avec qui que ce soit d'autre.

— Je me fais ça et je prétends que c'est toi, avoua-t-il.

Avec un grondement, Cary se pencha vers lui et l'embrassa. Il remua un troisième doigt à l'intérieur de Ryan.

— Est-ce assez ?

Grognant à cette délicieuse plénitude, il hocha la tête.

— C'est à toi maintenant.

Quand Carry sortit ses doigts, Ryan ne put s'empêcher de les retenir avec son cul, ne voulant pas qu'ils partent. S'asseyant sur ses talons, Cary enfila un préservatif et s'enduisit ensuite de lubrifiant. Sa queue brilla sous le clair de lune et son corps ressemblait à une statue de marbre. *Si beau.*

Les jambes de Ryan étaient déjà remontées et il les écarta un peu plus et releva son cul tandis que Cary s'alignait. Les lèvres entrouvertes, il déglutit difficilement.

— Bon sang, tu es magnifique. Je veux te baiser si fort.

Les battements du cœur de Ryan furent si bruyants qu'il eut peur de réveiller sa famille.

— Fais-le.

Il agrippa le poignet de Cary et le rapprocha de lui, ne pouvant ravaler son gémissement pendant que son amant le pénétrait enfin. Leurs yeux fixés l'un sur l'autre, Ryan s'empala, savourant la brûlure dans son cul quand son amant l'emplit entièrement.

— Ryan. Seigneur, c'est…

Cary grogna alors qu'il le pénétrait jusqu'à la garde. Ses bras tremblaient légèrement quand il soutint son poids.

— … mieux que tout.

— Ça va aller. Lâche-toi.

Ryan enveloppa ses bras autour des épaules de Cary et ouvrit la bouche dans un cri silencieux tandis que ce dernier plongeait à l'intérieur et hors de lui. Même si la pièce/grenier devenait froide dans la nuit, ils étaient tous deux en sueur en ondulant ensemble, s'embrassant avec leurs bouches ouvertes et haletant doucement.

Cary est en moi.

Il pouvait difficilement croire que cela arrivait vraiment. Cary le baisait, ses coups de reins devenant de plus en plus désordonnés alors qu'ils se rapprochaient de l'explosion. Il releva une des jambes de Ryan sur son épaule et alla plus profondément, effleurant la prostate de son amant à chaque mouvement.

— Là. *Là* ! cria Ryan, avant de plaquer une main sur sa bouche.

Il n'y avait aucune porte dans le grenier, mais au

moins, la chambre la plus proche de l'échelle était celle des enfants et ils avaient un sommeil de plomb.

— Tu es si bon, murmura Cary, les yeux écarquillés. J'ai toujours voulu te baiser. Je voulais jouir en toi et t'emplir de mon sperme. De le voir couler de ton cul…

Les boules de Ryan se contractèrent.

— Putain, oui.

Il imagina un instant qu'ils n'utiliseraient plus de préservatifs… que Cary puisse l'emplir profondément.

— Plus fort.

Les cuisses fléchies, Cary essaya de frapper ce point sensible à nouveau. Lorsqu'il le fit, Ryan ne put que fermer les yeux et chevaucher la vague. Il glissa une main entre eux et masturba sa queue fuyante, si près de la jouissance déjà.

— Tu es le meilleur que je n'ai jamais eu, je savais que tu le serais.

Haletant, Cary s'enfonça un peu plus profondément.

— Si bon, poursuivit-il.

Les lèvres entrouvertes, Ryan vacillait sur le bord de l'explosion avant qu'un autre coup de reins ne lui fasse perdre pied. Il éclaboussa son torse, jouissant longuement et faisant trembler tout son corps. Il s'immobilisa et Cary rejeta la tête en arrière alors qu'il pénétrait le cul de Ryan jusqu'à ce qu'il tremble de soulagement. Les yeux fermés et la bouche ouverte, son visage exprimait une pure extase avant qu'il ne s'effondre au-dessus de son amant.

La respiration difficile, ils restèrent allongés en un amas de membres. Puis Cary roula sur le côté et jette le préservatif noué dans la corbeille, près de l'armoire de Ryan. Il revint vers son amant et le regarda avec un froncement de sourcils. Timidement, il tendit la main et parcourut l'entrée étirée de Ryan de ses doigts.

— T'ai-je… je ne t'ai pas fait mal, n'est-ce pas ?

Secouant la tête, Ryan attira son amant dans un doux baiser.

— C'était parfait.

Le sourire de Cary illumina son visage.

— Ouais. Tu es…

Il caressa les cheveux de Ryan, dégageant son front.

— Tu es incroyable. C'est le meilleur cadeau de Noël que je n'ai jamais eu.

Ryan se mit à rire doucement.

— Toi aussi.

Il attrapa son boxer et essuya son torse.

— Hé, tu veux regarder les étoiles ?

Cary plissa les yeux vers la fenêtre.

— Je pense qu'il neige trop pour les voir.

Avec un sourire, Ryan se leva et conduisit Cary à son lit, ramenant la couverture avec eux. Le lit était étroit, mais ils trouvèrent une position confortable avec leurs jambes entremêlées et leurs têtes couchées ensemble sur l'oreiller. Cary se mit à rire doucement quand il remarqua le système solaire lumineux sur le plafond.

— Merci de m'avoir montré les étoiles, murmura-t-il.

Il était presque quatre heures du matin quand Ryan se réveilla en sursaut et essaya de sortir du lit. Cary cligna des yeux, le regard trouble, ses bras se resserrant autour de lui.

— Où vas-tu ?

— Le Père Noël a besoin de manger ses cookies ou j'aurais de gros problèmes, demain.

— Je viens avec toi.

Ils mirent leurs pyjamas et marchèrent sur la pointe des pieds vers l'endroit où l'arbre de Noël les attendait. Ils mangèrent les gâteaux et burent le verre de lait chaud, essayant de voir qui pourrait faire la plus grande moustache de lait avant de l'essuyer en s'embrassant. Enfin, ils retournèrent au lit pour une longue sieste hivernale.

Chapitre Cinq

— ONCLE RYAN ! Oncle Cary ! C'est Noël !

Ryan ouvrit les yeux pour trouver Amy à côté de son lit dans l'obscurité, ses joues étaient rouges et un serre-tête en bois de rennes retenait ses boucles. Il enlaçait Cary – en fait, il bavait sur sa nuque – et il était très soulagé qu'ils aient mis leurs pyjamas. Il sentit son amant se tendre. Ryan s'éclaircit la gorge et resserra ses bras autour de lui.

— Joyeux Noël, Amy. Quelle heure est-il ?

— Il est six heures trente. Maman a dit que si je la réveillais avant sept heures, le fantôme des Noëls passés me hanterait cette nuit ! Mais vous pouvez descendre et ouvrir vos chaussettes ! Nous sommes autorisés à le faire. Nous avons de la pâte à modeler, et Ethan a déjà perdu la sienne dans le tas de bois. Venez voir les cadeaux que le

Père Noël nous a ramenés !

— Nous allons descendre. Va aider Ethan à trouver sa pâte à modeler.

— D'accord !

Avec une énergie débordante, Amy se précipita vers l'échelle et sauta presque au second étage.

Cary bondit du lit et fit les cent pas.

— Je suis désolé. J'aurais dû retourner au lit. Penses-tu… va-t-elle dire quelque chose ?

Ryan agita la main.

— La seule chose qui la préoccupe maintenant, c'est ce que le Père Noël a déposé sous l'arbre.

Faisant courir ses doigts dans ses cheveux ébouriffés, Cary exhala. Son pantalon de pyjama était bas sur ses hanches et son tee-shirt était relevé sur son estomac dur.

— D'accord. Ce n'est pas que je ne… tu m'as donné l'impression que tu ne voulais pas en parler à ta famille. Pas vrai ?

C'était une bonne question, et Ryan ne savait ce qu'il ressentait à ce sujet. C'était tellement nouveau, il pouvait à peine imaginer dans la lumière du jour que tout ceci n'était pas un rêve passionné.

— Ouais, je suppose que nous devons parler de beaucoup de choses, d'abord. As-tu… comment te sens-tu ?

Les lèvres de Cary s'étirèrent en un sourire timide.

— Bien.

Il prit la main de Ryan et l'attira hors du lit dans un baiser doux. Il posa sa paume sur ses fesses.

— Les pyjamas de Noël n'ont jamais été aussi sexy.

Il y eut un bruit de chute en bas et Ryan s'écarta d'un air réticent.

— Je ferais mieux de descendre avant qu'ils ne cassent quelque chose. Ma mère est probablement sous la douche. Elle se lève d'habitude vers six heures pour déposer les cadeaux sous l'arbre et remplir les chaussettes. Désolé, il y a toujours une queue pour entrer dans la salle de bain.

— Ce n'est rien. C'est agréable, au fait, tout le monde est réuni et non éparpillé dans une douzaine de chambres. J'aime ça.

Cary traça la joue de Ryan de ses doigts, puis se pencha vers lui et lécha lentement un point sur sa mâchoire.

— J'ai toujours voulu sucer ce grain de beauté, murmura-t-il.

Avec un grognement, Ryan recula.

— D'accord, nous devons descendre ou je vais te jeter sur le lit et profiter de toi.

Les yeux de Cary étincelèrent.

— C'est définitivement sur la liste de mes vœux de

Noël.

— C'EST QUOI ça ? demanda Cary en prenant place à la table du dîner et en poussant un cylindre enveloppé, à côté de son assiette.

Amy fronça les sourcils.

— C'est des papillotes-surprises de Noël, répondit-elle.

Cary la prit et jeta un œil sur un bout qui avait une ouverture. Le tube en carton était enveloppé d'un papier doré et rouge avec les deux bouts attachés au centre.

— Elles servent à quoi ?

— Pour s'amuser, répondit Maureen avec un clin d'œil tandis qu'elle apportait la sauce aux canneberges et l'ajoutait à l'incroyable étalage de tranches de dinde avec la farce, les patates douces et les pommes de terre croustillantes sur la table. Étant donné à quel point les Américains aiment les feux d'artifice, je suis surprise que cette tradition ne se fasse plus.

— Regarde.

Ryan prit sa propre papillote d'un bout et tendit l'autre à Cary.

— Pose ton pouce sur le petit bâton à l'intérieur.

Maintenant, donne à Ethan l'autre bout de la tienne. Quand nous sommes tous prêts, nous tirons au même moment.

Une fois qu'ils eurent tous un bout d'une papillote dans leurs mains, ils comptèrent à l'unisson.

— Un, deux, trois !

De bruyants *pops* emplirent l'air tandis que les papillotes se déchiraient et que le contenu s'envolait. Ryan prit son jouet de la sauce où il était tombé avec sa cuillère, léchant la petite boule avec sa langue pour la nettoyer, au grand plaisir d'Amy et Ethan.

Cary jeta un coup d'œil dans sa papillote déchirée, puis sourit et la secoua pour en sortir le contenu… un jouet, une blague et une petite couronne faite de papier en soie violet. Il la déplia et la posa sur sa tête.

— C'est super.

Cary avait réussi à avoir l'air incroyablement beau en portant un chapeau en papier ridicule. Ryan posa le sien de couleur rouge sur sa tête.

— Attends de lire les blagues.

— Pourquoi le taureau est-il toujours triste ? demanda Tony, lisant la sienne.

Il attendit une seconde avant de poursuivre.

— Parce que sa femme est vache !

Ils grognèrent tous et une fois qu'ils eurent mis leurs

chapeaux, Jack prit la caméra du salon et se tint au bout de la table.

— Tout le monde dit : Joyeux Noël !

— Joyeux Noël !

Vingt minutes plus tard, Cary frotta son ventre et secoua la tête.

— Mon coach va me tuer, mais c'est la meilleure dinde que j'ai jamais goûtée. Comment réussissez-vous à faire cette farce succulente ?

Maureen, qui était assise au bout de la table, près de la cuisine, sa couronne jaune posée de travers sur sa tête, sirotait son Pinot Noir.

— Des années d'expérience. Et merci pour le compliment.

Elle tendit la main vers le plateau, au centre de la table.

— Tu es sûr de ne pas en vouloir plus ?

Cary leva la main.

— Merci, mais je ne peux pas.

— Il y a du dessert, pas vrai ? demanda Ethan.

Il fit tourner la toupie qu'il avait trouvée dans sa papillote.

— Ce ne serait pas Noël sans un pudding et une tarte

au mincemeat,[2] dit Jack.

Il plia son chapeau orange à côté de son assiette.

— D'abord, je pense que nous avons tous besoin d'une pause.

Il y eut des hochements de tête et des murmures d'approbation, et Ryan se leva pour aider à débarrasser la table. Cary bondit sur ses pieds et commença à empiler les assiettes.

— Merci encore pour ce merveilleux dîner, Maureen.

Elle joua avec le collier de perles qu'elle portait.

— Tout le plaisir était pour moi, mon garçon. Quant à moi, je te remercie pour ces incroyables cadeaux. C'est beaucoup trop.

— C'était le moins que je puisse faire après que vous m'ayez accueilli si chaleureusement dans votre maison, répondit Cary en emportant une pile d'assiettes vers la cuisine.

— Ne sois pas bête. Tous les *amis* de Ryan font partie de la famille, dit Lisa en reprenant plus de vin.

Tony écarta habilement la bouteille de vin.

— Viens, nous allons faire un peu de café.

---

[2] La ***tarte au mincemeat*** (français nord-américain) ou ***mince pie*** (français européen) est une tartelette sucrée de Grande-Bretagne, traditionnellement servie pendant les fêtes de Noël. Elle remonterait au XIIIe siècle lorsque des croisés européens ramenèrent des recettes du Moyen-Orient combinant de la viande, des fruits et des épices.

Ryan lui adressa un sourire reconnaissant tandis que Lisa grommelait, mais suivit Tony à la cuisine.

Une fois qu'ils eurent fini le café et le dessert, ils s'effondrèrent tous dans le salon, bien trop repu pour faire quoi que ce soit d'autre mis à part regarder les nouveaux films que le Père Noël avait déposés sous le sapin. Le dîner avait été servi tôt et à vingt et une heures, tout le monde était au lit.

Eh bien, sa famille était au lit. Ryan faisait les cent pas à côté du sien, attendant que Cary termine dans la salle de bain. Pendant toute la journée, ils avaient gardé leurs mains dans leurs poches pour s'empêcher de se toucher. Cela ne lui semblait toujours pas réel qu'il touche Cary de cette manière.

— J'adore le nouveau pyjama, remarqua ce dernier en remontant de l'échelle.

Ryan rougit. Il ne portait que son boxer blanc pendant qu'il attendait son amant.

— Merci.

— Je suppose que je suis trop habillé, déclara Cary en passant son tee-shirt par-dessus sa tête et en enlevant son pantalon de pyjama.

Il ne portait aucun sous-vêtement. Il éteignit la lumière, mais le clair de lune était encore lumineux.

La gorge de Ryan s'assécha en regardant son amant

s'avancer vers lui.

— Ça te va comme un gant, murmura-t-il.

Alors qu'il se laissait tomber sur les genoux, Cary agrippa les hanches de Ryan. Il blottit son nez contre le boxer de ce dernier, prenant de profondes inspirations, ses exhalations envoyant des frissons sur ses cuisses. Il baissa le boxer de Ryan et celui-ci l'enleva. Son pouls battait à tout rompre, son sang faisant rougir ses oreilles tandis que Cary enveloppait le bout de sa queue de ses lèvres.

Sa première timidité, avec de petits baisers et des coups de langue hésitants, disparut et enfin, Cary suça profondément Ryan. Il remontait et baissait sa tête, ses lèvres étirées autour de sa queue pulsante. Tandis que des minutes divines passaient, Ryan étira les bras pour s'accrocher au plafond incliné. Ses jambes tremblaient en voyant ses fantasmes devenir réalité… Cary sur les genoux pour lui, de la salive coulant de son menton, sa bouche si chaude et serrée et…

Ryan tira sur la tête de son amant pour l'avertir lorsque ses boules se contractèrent, mais Cary se contenta de sucer plus fort, les joues creuses. Ryan vit des éclats de couleur en jouissant dans la bouche de son compagnon, se mordant la langue pour arrêter ses cris.

— Bon sang, murmura-t-il en caressant les cheveux

de Cary. Tu es doué.

Cary se tendit et se remit sur pieds. Il essuya sa bouche de sa main et ne croisa pas le regard de Ryan.

— Merci, marmonna-t-il.

Cillant, Ryan prit en coupe sa joue.

— Que vient-il juste de se passer ? Où es-tu allé ?

Les yeux toujours baissés, Carry haussa les épaules.

— Je ne sais pas. Désolé.

— Allez, viens.

Ryan prit sa main et l'incita à s'allonger sur son lit. Il chevaucha ses cuisses et caressa le torse de Cary, taquinant ses tétons et les poils qui se trouvaient là.

— Tu es magnifique.

Cary ouvrit la bouche, comme pour protester, mais Ryan l'interrompit en avalant sa queue. Son amant était déjà dur et humide, et il traça la veine sur le côté inférieur de son membre avec sa langue tandis qu'il caressait ses boules et la peau sensible derrière elles. Il voulait relever le cul de Cary et y enfouir son visage pour lécher son entrée, mais celui-ci gémissait déjà doucement.

Les lèvres largement étirées, Ryan regarda Cary pendant que celui-ci explosait, ses longs cils sombres ombrant ses joues, l'extase illuminant son visage. Il déglutit le sperme de son amant, autant qu'il le put et lécha les gouttes qui coulèrent de sa bouche. Cary agrippait les épaules de Ryan pendant tout ce temps, puis ses mains le relâchèrent.

— Seigneur, je n'ai jamais… C'est si bon avec toi.

Ryan s'étira et remonta la couverture sur leurs deux corps. Il posa sa tête sur la poitrine de Cary et écouta ses battements de cœur reprendre un rythme normal.

— Ça n'a jamais été aussi bon pour moi, renchérit Ryan en faisant courir ses doigts sur l'estomac de Cary et faisant des cercles sur son nombril. Mieux que ce que j'avais imaginé.

Ils furent silencieux et après un moment, la respiration de Cary commença à attirer Ryan vers le sommeil. À cet instant-là, son amant souffla :

— Penses-tu vraiment que je suis doué ?

Ryan ouvrit les yeux, mais garda sa tête posée là où elle était.

— Oui, je le pense. Ça… ne te dérange pas ?

— Quand j'avais treize ans, mon père a fait ce film horrible… celui avec les aliens qui pétaient du gaz toxique. Bref, je devais passer tout l'été au Nouveau-Mexique. Il faisait si chaud qu'on pouvait à peine bouger.

— Oui ?

Ryan ne savait pas où voulait en venir Cary, donc, il attendit patiemment.

— Le fils du metteur en scène était là aussi, donc nous passions du temps ensemble. Son nom était Matt. Nous jouions aux jeux vidéo et à des trucs comme ça. Il avait quinze ans. Il avait une piscine intérieure dans leur maison de location et nous passions des heures là-dedans à nous amuser. Un jour, il m'a défié de prendre un bain de minuit. Alors, nous l'avons fait et nous étions en train de chahuter et… je suis sûr que tu vois comment ça finit.

Ryan posa un baiser sur le torse de Cary.

— Ouais. Continue.

— Nous nous sommes masturbés et c'était bon. Ce que j'avais fait avec des filles, c'était bien, mais ça, c'était comme… le paradis. Nous l'avons fait tous les jours, juste des caresses. Toutefois, je voulais vraiment l'embrasser et un après-midi dans la piscine, je l'ai fait.

Cary devint silencieux.

— Que s'est-il passé ? demanda Ryan.

— Il m'a frappé. Il m'a traité de tapette. Il m'a dit que si je disais à quiconque ce que nous avons fait ensemble, il dirait à tout le monde que j'étais gay et que mon père serait viré. J'ai passé le reste de l'été seul. Je me sentais coupable chaque fois que je me masturbais en pensant à lui, à l'embrasser, ou à embrasser un autre gars. Cela n'a duré qu'une seconde quand je l'ai embrassé, mais ce n'était pas comme avec les filles. Ça m'a excité d'une manière différente.

Cary avait toujours l'air honteux et le cœur de Ryan se serra. Il caressa le ventre de son compagnon.

— Il n'y a aucun mal à ça.

— Je… je sais. Mais je ne pense pas que mon père l'accepterait. Je suis peut-être nommé d'après Cary Grant — et l'ironie ne m'a pas échappé, d'après les rumeurs qui couraient sur lui —, mais mon père et mon grand-père sont deux républicains de la vieille école. Ils paniqueraient s'ils savaient à propos de moi. Que je suis… peu importe ce que je suis.

— Gay ? Tu peux le dire. Ça ne mord pas.

— Peut-être.

— Mais tu ne peux pas le dire à voix haute.

Ryan aurait voulu que cela ne le fasse pas souffrir. Il voulait s'asseoir et voir le visage de Cary, cependant, une partie de lui avait peur de regarder.

— Le truc, c'est que je ne sais pas si c'est le mot exact. Après Matt, je ne me suis jamais approché d'un autre gars. Je m'étais dit que c'était une phase… juste un moment de ma vie. Et je l'ai vraiment pensé. Du moins, je m'en étais convaincu pendant une période. J'ai couché avec des tonnes de femmes et j'ai aimé ça. Je ne faisais pas semblant. J'aime les seins et les vagins.

— OK, fit Ryan en grimaçant. Je ne peux pas comprendre, mais il n'y a aucun mal à ça. Et tu aimes aussi les queues. Clairement.

Cary fit courir sa main sur le dos de Ryan et sur ses fesses.

— Et les culs. Et des corps masculins puissants et poilus. Les queues sont… merde, elles sont incroyables. Donc, ça fait de moi quoi ? Un Bi ?

— Je suppose, répondit Ryan, puis il réfléchit. C'est ce que tu ressens ?

Cary fut silencieux pendant un long moment qui s'étendit dans l'obscurité.

— Oui, murmura-t-il d'une voix rauque.

S'éclaircissant la gorge, il ajouta :

— Je ne voulais pas l'admettre. J'avais peur.

Ryan déposa un baiser sur sa poitrine et l'étreignit étroitement.

— Tu n'as plus à avoir peur. Ça va aller, je te le promets.

— Ça ne te dérange pas que je sois bi ?

— Je n'y ai jamais pensé jusqu'à cette seconde, mais… non.

Ryan posa son menton sur les côtes de Cary et croisa son regard.

— Je n'ai jamais été avec un bi, auparavant. Du moins, pas que je sache.

Cary haussa les épaules maladroitement.

— Je sais que cela semble bizarre pour toi.

— Non, c'est juste différent. Il n'y a aucun mal à être bi. Évidemment, beaucoup de gens le sont. Probablement plus qu'ils ne veulent l'admettre, ou qu'ils aient peur de le faire, comme toi avant. Du moment que tu veux être avec moi, pourquoi cela aurait-il de l'importance ? C'est ainsi que tu es. Et je te veux.

C'était pathétique, comme s'il était en manque d'affection, mais il demanda quand même :

— Tu me veux aussi, pas vrai ?

Cary fit courir son doigt sur les lèvres de Ryan.

— Tout le temps. De toutes les manières possibles. Je n'ai jamais ressenti ça pour quelqu'un d'autre.

Ryan soupira de soulagement.

— Je veux t'embrasser, lâcha-t-il.

Un froncement de sourcils lui répondit.

— OK, dit Cary, puis il rit doucement. Je suis juste là. Vas-y.

— Non, je veux dire, je veux t'embrasser au Nouvel An. Je veux dire à ma famille que nous sommes ensemble. Je ne veux pas le cacher. C'était une idée stupide.

Cary fut silencieux pendant un long moment.

— OK, ouais. Nous pouvons leur faire confiance.

Le malaise qui persistait au fond de lui se transforma

en panique et Ryan se tendit.

— Mais ce n'est pas comme si notre relation allait être secrète si nous sommes ensemble. Je suis sorti du placard, Cary, je ne vais pas y retourner.

— Je ne te le demande pas ! s'exclama son amant avant de baisser à nouveau la voix. Je veux juste un peu de temps pour comprendre qui je suis avant que je ne le dise au monde.

Ryan se redressa, effleurant presque le plafond de sa tête.

— Alors, qu'est-ce que ça veut dire ? Ici, tu es mon amant et à Los Angeles, nous sommes juste amis ? Ce qui se passe au Canada reste au Canada, c'est ça ?

— Ce n'est pas ce que j'ai dit, déclara fermement Cary en serrant la mâchoire. Tu ne comprends pas. C'est facile pour toi. Ta famille t'aime tel que tu es. La mienne ne réagira pas de la même manière. Et tu peux imaginer les tabloïds quand ils auront eu vent de l'affaire ? Je dois tourner le nouveau film de Michael Bay et je ne peux pas me permettre de la mauvaise publicité maintenant.

— Donc, être mon petit ami serait une mauvaise pub ? Merci !

Le tempérament de Ryan explosa et il bondit du lit, enfilant son pyjama. Une voix lui dit de se calmer et de ne pas laisser la situation devenir incontrôlable, cependant, il était perdu dans une vague de douleur et de crainte.

— Je suppose que je suis bon à baiser, mais pas pour sortir avec.

— Ce n'est pas ce que je voulais dire ! Je veux juste un peu de temps pour comprendre les choses. Le public ne sait même pas que j'ai rompu avec Amanda. Mes parents ne savent pas. Je ne peux pas sortir de l'avion en te tenant la main !

— Très bien. Peut-être que nous devrions arrêter tout ça jusqu'à ce que tu prennes ta décision !

Ryan croisa ses bras et prit une inspiration tremblante. Il voulait le crier sur tous les toits, qu'il était amoureux de Cary – parce qu'il l'était, sans aucun doute – et cela le blessait plus qu'il ne le pensait possible, que son amant veuille attendre, peu importait à quel point c'était logique ou compréhensible.

Cary jeta la couverture et s'avança vers l'autre lit.

— Très bien. Si c'est ce que tu veux.

— Ce que *je* veux ? répéta-t-il, sa voix retentissant bruyamment dans l'obscurité.

Il grimaça.

— Eh bien, si tu veux arrêter, alors nous allons arrêter.

Cary tira sur son pyjama et grimpa sur le lit. Il se

tourna sur le côté et fit face au mur.

Après quelques instants à faire les cent pas d'un air impuissant, Ryan retourna sur son propre lit. Les draps avaient l'odeur de son compagnon et il pouvait encore le sentir sur sa langue. Alors que Ryan s'efforçait de dormir, il repoussa ses larmes et se demanda comment les choses avaient pu dégénérer à ce point et si rapidement.

<h1 style="text-align:center">Chapitre Six</h1>

— BONSOIR ! lança Maureen.

— Ha ha, fit Ryan en se traînant dans la cuisine. Il n'est même pas onze heures. En plus, je suis encore réglé à l'heure de la Côte Ouest.

— Tu es ici depuis plus d'une semaine ! Et selon ta logique, Cary aussi suit cette heure-là, mais il s'est levé et il est avec ton père et Tony depuis des heures. Nous n'aurons plus de place dans le réfrigérateur avec tous ces maudits poissons.

Elle se tenait au comptoir, nettoyant le dernier lot et les séparant dans des sacs en plastique avec un sourire affectueux.

— Mais ça le rend heureux, finit-elle.

— Maman…

Ryan ne savait pas s'il pouvait même le demander. Il

s'était réveillé, l'estomac noué, se détestant de s'être disputé avec Cary.

— Hmm ?

Elle trancha habilement le poisson, enlevant les arêtes et les jetant de côté.

— Rien. Donc, du poisson pour le dîner ?

— Jamais de la vie. Nous aurons du rôti de porc, Monsieur.

— Mamie ! Tu es prête ? demanda Amy en se précipitant dans la cuisine.

Ryan chatouilla sa nièce.

— Où allez-vous ?

Elle gloussa.

— Nous allons chez les Morgan pour jouer. Si Mamie finit un jour !

— Mamie va *te* finir si tu parles encore comme ça, la réprimanda Lisa. Tu veux venir, Ryan ? Greg et Kathy s'occupent des enfants. Ils peuvent jouer pendant que nous déjeunerons entre adultes. Papa et Tony…

— Sont là, répondit Tony en ouvrant la porte. Nous avons faim. Jack attend dans le pick-up, donc nous ferons mieux d'y aller, bébé.

Ryan inclina la tête pour voir au-delà de son beau-frère, dans le vestibule. Il avait la gorge serrée.

— Où est Cary ?

— Toujours dans la hutte. Il aime vraiment la pêche sur glace.

— Tu devrais lui apporter quelques sandwichs pour le déjeuner, suggéra Maureen en se lavant les mains et en les essuyant sur son tablier. Il ne semblait pas dans son assiette aujourd'hui.

Elle haussa un sourcil.

— Et toi aussi.

Ryan s'occupa à ouvrir le réfrigérateur et à fouiller.

— Hein ? Ça va aller.

— Mmm hmm.

Haussant les épaules, il prit une gorgée de jus de la bouteille.

— Ça va aller, Maman.

Elle soupira alors qu'elle quittait la cuisine.

— Il y a des restes de dinde sur l'étagère du haut et le pain au levain que tu aimes tant est sur le comptoir. Et utilise un verre !

Ryan s'affaira à faire des sandwichs pendant que le reste de la famille se préparait dans un tourbillon d'activité. Une fois la porte fermée derrière eux, il prit une profonde inspiration. *D'accord. Je peux faire ça. Peut-être que ça se passera bien si nous parlons.*

La marche vers la hutte lui sembla prendre une centaine d'années. La couche nuageuse qui avait ramené de la neige fraîche à Noël s'était dissipée et le soleil brillait au-dessus de lui. Le vent siffla, et Ryan réalisa qu'il avait négligé de prendre ses gants. Il serra le sac de déjeuner de ses doigts engourdis, l'estomac noué.

Quand il ouvrit la porte de la cabane, son souffle s'arrêta. Dans la lumière de la lanterne, Cary était magnifique, ses cheveux étaient dorés, et ses joues étaient roses, ses lèvres d'un rouge profond. Il croisa le regard de Ryan.

— Salut.

— Salut, dit Ryan en fermant la porte.

Il faisait chaud à l'intérieur, mais le feu s'éteignait.

— J'ai apporté le déjeuner. J'ai pensé que tu aurais peut-être faim.

— Oh. Merci.

C'était insupportablement gênant et Ryan tendit à Cary le sac puis s'occupa à attiser le feu. Une fois qu'il eut fini, il hésita près du trou de pêche.

— Je peux… si tu veux être seul…

— Non, je devrais y aller. C'est… ta hutte.

Il rembobina son moulinet.

— Je n'aime même pas la pêche. Mais c'est cool, tu devrais rester.

— Je dois appeler la compagnie aérienne, de toute façon.

— Oh. Tu ne l'as pas encore fait ?

L'espoir revint en force.

Cary ferma son parka.

— Désolé. Ton père voulait que je vienne pêcher. Mais je peux les appeler maintenant. Je devrais retourner à Toronto. Je suis certain d'obtenir une chambre près de l'aéroport, même si mon vol ne sera que dans quelques jours. Je me suis assez incrusté.

Ryan inspira brusquement.

— Tu veux bien arrêter de jouer aux martyrs ?

— Peu importe. Tu veux évidemment que je parte.

— Ce n'est pas ce que j'ai dit ! Tu veux bien…

Cependant, Cary était parti, la porte de la hutte claquant derrière lui. Expirant un long souffle, Ryan roula des épaules. Ils se disputaient et il ne savait pas même pourquoi. Il compta lentement et silencieusement jusqu'à dix, puis suivit son amant à l'extérieur.

Cary n'était pas là.

Clignant des yeux dans l'éclat du soleil, Ryan releva une main pour se protéger alors qu'il regardait l'étendue de glace entre la hutte et le cottage situé sur une petite colline. Il vit un mouvement sur la gauche et son estomac se serra. Au lieu de prendre le chemin principal par lequel ils étaient venus, Cary prenait un petit raccourci par une crique.

Ils l'appelaient le goulot et en été, les bateaux devaient remonter leurs moteurs s'ils passaient par là. Étant donné les niveaux d'eau qui baissaient dans la Baie Georgienne, bientôt, ce ne serait que de la pierre, avec l'étang au-delà desséché.

— Cary !

Son cri fit écho dans le silence hivernal et Ryan courut après lui, ses bottes glissant sur la glace.

Cary s'arrêta, mais alors qu'il se tournait, un bruyant *crack* emplit l'air et il *disparut*.

Les poumons de Ryan brûlèrent tandis qu'il courait, le sang lui montant aux oreilles. Il lutta contre la panique qui menaçait de le submerger et une voix lui rappela qu'il ne serait d'aucune aide, s'il tombait aussi.

Tandis qu'il s'approchait du goulot, il se positionna sur son estomac pour étaler tout son poids et se rapprocher du trou irrégulier.

— Cary !

La glace craqua à son avancée, mais il se traîna quand même. Il fut enfin à portée de main et croisa le regard écarquillé de Cary. Le visage de celui-ci était à peine hors de l'eau et sa peau habituellement bronzée était effroyablement pâle. Il émettait des bruits haletants horribles tandis qu'il s'accrochait aux bords tranchants de la glace.

Les doigts glissants, Ryan ne put trouver de prise. Il

défit son écharpe en laine et la jeta dans le trou. Elle se coinça à la glace humide, et Ryan l'utilisa pour s'avancer.

— Attrape le bout !

Toujours haletant, Cary tendit la main.

— Ça va aller. Je vais t'attraper.

Pendant un moment qui dura une éternité, la tête de Cary disparut sous la surface sombre.

— Non !

Priant pour que la glace tienne, Ryan s'avança doucement vers le trou et plongea sa main dedans. Le froid lui coupa le souffle, mais il fut en mesure d'agripper les cheveux de Cary. Ses doigts étaient désespérément engourdis, cependant, il força son corps à suivre ses ordres et tira son compagnon vers la surface.

Crack.

Une autre fissure dans la glace apparut à côté de lui. Ryan se concentra sur son amant.

— Ça va aller. Attrape mon écharpe aussi fort que tu le peux !

Les bras tremblants, Cary obéit et Ryan recula sur son ventre, sachant que la glace autour du trou ne soutiendrait pas leur poids. Elle se fissura encore plus tandis qu'il essayait de ramener Cary à l'abri du danger, mais il se replia, centimètre par centimètre, jusqu'à ce que finalement, les bras brûlants, il fut capable de tirer son amant sur la glace.

Il attrapa les bras de Cary et l'entraîna avec lui, ne prenant pas le risque de se remettre sur pieds jusqu'à ce qu'il sache que la glace serait assez épaisse pour les soutenir. Quand il fut en mesure de s'agenouiller, il attira son compagnon vers lui, l'étreignant étroitement.

— Ça va aller. Tu vas bien. Peux-tu te mettre debout ? Nous devons te ramener à l'intérieur.

Cary hocha la tête d'une façon saccadée et Ryan enveloppa un bras autour de son dos. Ils essayèrent de trouver leur équilibre sur la glace et marchèrent lentement vers le rivage. Tout le corps de Ryan semblait engourdi et rigide… donc il pouvait certainement imaginer avec certitude l'état dans lequel se trouvait Cary.

Une fois qu'ils furent sur la terre ferme, cela leur prit quelques précieuses minutes pour monter les marches du cottage. Le corps de Cary ne voulait pas plier et il commença finalement à frissonner, Ryan prit cela comme un bon signe.

— Allez. Tu es un guerrier Portigan. Tu peux le faire, l'encouragea Ryan, sa voix paraissant tendue et effrayée à ses propres oreilles.

Cary essaya peut-être de sourire, mais ce fut une grimace qu'il reçut à la place. Pourtant, il réussit à bouger un peu plus vite et ils arrivèrent au sommet des escaliers avec Ryan qui le tirait et le poussait. Le cottage n'avait jamais eu l'air aussi accueillant tandis qu'il manœuvrait Cary à l'intérieur du vestibule et arrachait leurs bottes et leurs vestes.

Le feu s'était éteint, néanmoins, il faisait agréablement chaud dans le salon. Cary vacilla sur ses jambes et Ryan l'agrippa alors qu'il lui enlevait ses vêtements humides. Après avoir jeté une couverture devant la cheminée, il allongea Cary sur le sol et frotta sa peau glacée. L'hôpital était à une heure de route et il avait besoin de le réchauffer maintenant.

Il savait que la meilleure solution pour l'hypothermie était la chaleur d'un autre corps, donc Ryan se déshabilla et s'allongea sur Cary, ses mains le parcourant en entier. Ce dernier frissonna violemment, mais après les secondes les plus longues de la vie de Ryan, il commença à se réchauffer.

— Tu vas bien maintenant, murmura Ryan en frottant le corps de Cary. Je suis là.

Il chercha un quelconque signe de gelure, toutefois, il ne trouva rien.

Avec des mouvements saccadés, Cary enveloppa ses bras autour de son compagnon. Celui-ci s'immobilisa et ils se tinrent l'un l'autre pendant un moment, leur respiration ralentissant. Ryan n'avait pas réalisé avec quelle rapidité son pouls battait jusqu'à ce qu'il redevienne normal. Il enfouit son visage dans le cou de Cary et déposa des baisers sur sa peau humide.

— Je ne veux plus jamais te perdre, murmura-t-il.

— Ry, fit la voix bouleversée de Cary.

Ryan essaya de garder la voix calme.

— Je suis désolé.

— Moi aussi.

Les doigts de Cary se resserrèrent sur son dos.

Ryan ne sut pas combien de temps ils restèrent ainsi dans les bras l'un de l'autre. Finalement, il s'écarta – au grand déplaisir de Cary – pour allumer un feu et prendre une autre couverture du rocking-chair afin qu'ils se couvrent.

Le feu s'alluma, irradiant de chaleur et illuminant la peau pâle de Cary.

Ryan lui frotta le torse.

— Tu te sens mieux ?

Hochant la tête, Cary ferma les yeux.

— Je suis si fatigué. C'était… je ne pouvais pas bouger. Mon esprit hurlait, mais mon corps ne pouvait rien faire. J'ai pensé… je n'ai jamais eu aussi peur de toute ma vie.

— Chuuuut, fit Ryan en embrassant sa poitrine et en

caressant son ventre. Tout va bien, maintenant.

— Grâce à toi, murmura Cary en caressant les cheveux de Ryan.

Tandis qu'ils s'embrassaient doucement, la voix de Maureen retentit soudain du vestibule.

— C'est quoi ce beau gâchis ! Ryan ! Nettoie après toi pour une fois dans ta vie !

Ryan se redressa brusquement, toujours assis sur les couvertures tandis que Cary grognait. Il garda une main ferme sur ce dernier, ne voulant pas qu'il bouge.

— Maman, attends !

Toutefois, elle ouvrait déjà la porte et elle s'arrêta brusquement à l'entrée, la bouche ouverte. Lisa, Tony et Jack s'immobilisèrent également derrière elle, les yeux écarquillés.

— Je peux vous expliquer…, commença Ryan.

— Eh bien, c'est certainement ce que nous espérons, mais un peu de savoir-vivre aurait été apprécié. Ce n'est pas *Hollywood*, Ryan ! dit sa mère, le visage rouge avant de lancer derrière elle. Les enfants ! Restez dehors, une minute !

— Ce n'est pas ce que vous croyez.

— Bien sûr que non ! sourit Lisa. Explique-nous alors, petit frère. Nous sommes tout ouïe.

— La glace a cédé sous Cary. Je devais le réchauffer

et…

Il n'eut pas l'occasion de finir dans la volée d'exclamations qui suivit. Lisa et Maureen se précipitèrent vers eux, examinant Cary, l'auscultant de toute part. Ryan s'écarta rapidement avec l'une des couvertures enveloppée autour de lui.

— Je t'avais dit qu'il était trop tôt pour sortir sur la glace ! gronda Maureen son mari.

— Elle était de trente centimètres d'épaisseur ! s'exclama Jack en faisant courir une main dans ses cheveux gris. Je suis désolé, Cary. Est-ce qu'il va bien ?

— Papa, ce n'est pas de ta faute. C'est la mienne. Je ne lui ai pas dit de ne pas traverser le goulot.

Parmi le brouhaha, Cary intervint :

— C'est ma faute. Mais Ryan a su quoi faire.

— Comment te sens-tu, chéri ? demanda Maureen en attrapant le poignet de Cary tout en gardant un œil sur sa montre.

— Mieux. Je pourrais dormir pendant une semaine.

— Bien sûr. Allons te mettre au lit.

Elle secoua la tête.

— C'est pourquoi je vous dis de rester loin de la glace ! Vous ne pouvez pas savoir ce qu'il pourrait se passer. Vous auriez pu vous noyer tous les deux, marmonna-t-elle.

Tenant la couverture maladroitement, Ryan s'accroupit pour aider Cary à se remettre sur pieds, gardant un bras autour de son dos.

— Nous allons bien, Maman. Vraiment. Nous avons juste besoin de nous reposer.

Pendant un moment, le silence s'étendit et ils se regardèrent tous en même temps. Tony s'éclaircit la gorge.

— Donc… tu es sûr qu'il ne se passe rien entre vous ? Parce que Maria me dit depuis des mois que, vous deux, et je cite, avez une alchimie incroyable.

Ce fut au tour de Ryan de rougir. Il regarda Cary qui étudiait le sol, une fossette sur la joue.

— Ah ha ! Enfin ! s'exclama Lisa en bondissant sur ses pieds. Je te l'ai dit, Maman !

— Ça semblait trop beau pour être vrai ! Oh Ryan. Cary est un jeune homme adorable et nous sommes tous excités que…

— Hum, pouvons-nous avoir cette conversation quand Cary et moi ne serons pas nus ? demanda Ryan.

— Ce serait probablement mieux, fils.

Essayant de cacher un sourire, Jack lui tapota l'épaule alors qu'il accompagnait Cary vers les escaliers.

— Pouvons-nous entrer ? Il fait froid ! cria Amy du vestibule.

Le rire de sa famille retentit dans le cottage et tandis qu'ils s'avançaient vers le grenier, Cary et Ryan gloussèrent doucement. Ce dernier guida son compagnon vers le lit et le couvrit. Mais Cary l'attrapa.

— Reste. J'ai toujours froid. J'ai besoin de ton corps. Tu sais, pour la chaleur.

— Je suppose que si c'est une nécessité médicale, je ne peux pas dire non.

Ryan ne put s'empêcher de sourire tandis qu'il se blottissait contre lui, sous les couvertures.

— Maintenant, dors.

Cary se colla à Ryan, l'embrassant doucement, les yeux déjà fermés.

— OK.

ILS SE RÉVEILLÈRENT à l'odeur de porc rôti et ce que Ryan imaginait être des patates sautées. Son estomac gronda et Cary rit, son souffle chaud effleurant sa poitrine.

— Je pense que le dîner est prêt, murmura Cary.

— Tu pourras te lever ? Je suis sûr que ma mère pourra nous apporter un plateau.

— Je pense que je vais bien, dit Cary en étirant ses

membres et en se tournant sur le côté, faisant face à Ryan sur le lit étroit. Beaucoup mieux qu'un peu plus tôt, c'est certain.

Son expression s'assombrit.

— Je suis tellement désolé. Je n'ai jamais voulu que tu penses que je ne veux pas de toi.

— Vraiment ? demanda Ryan, le cœur battant.

— Vraiment, confirma Cary en l'embrassant tendrement. Je te veux plus que quiconque dans ma vie. C'est juste si nouveau que j'en ai le tournis. Ici, j'ai l'impression que nous sommes dans notre propre monde secret. Je ne peux m'empêcher d'avoir peur de ce qui se passera quand nous reviendrons au monde réel. Je sais que je ne le devrais pas. Je sais que je devrais être fort.

— Non, non, intervint Ryan en repoussant les cheveux de son compagnon en arrière. Tu *es* fort. J'ai peur aussi. J'ai peur que tu changes d'avis.

— Je ne changerai pas d'avis, déclara fermement Cary en frottant leurs nez ensemble. Je veux être avec toi, Ryan.

— Et si à notre retour, tout est différent ? Et si ton père te met la pression et si Amanda veut te récupérer et…

— C'est elle qui m'a dit de venir ici.

Cary recula, un sourire étirant ses lèvres.

— Elle a toujours été jalouse de toi. Finalement, elle m'a dit de me ressaisir et d'admettre que j'étais amoureux de toi.

Ryan haleta et sa voix grinça d'une manière embarrassante.

— Amoureux ?

— Ben voyons !

Cary sourit et passa son pouce sur la lèvre inférieure de Ryan.

— Bien sûr que je suis amoureux de toi. Je le suis depuis un long moment. Amanda m'a obligé à l'admettre.

— Elle n'est pas si mal, alors.

Riant, ils s'embrassèrent, les bouches ouvertes et les langues dansantes. Quand Ryan s'écarta une minute plus tard, à bout de souffle, il déposa de petits baisers sur le visage de Cary… les joues, le front, le menton, le bout du nez.

Son estomac papillonna, d'une bonne façon.

— Au cas où ce n'était pas clair, je t'aime. Je suis désolé d'avoir insisté. Je sais que tu as besoin de temps avant de le dire au monde.

— Donc, tu comprends ? Ce n'est pas parce que je ne veux pas être avec toi, ou que j'ai honte de toi. Bon sang, je n'aurais jamais honte de toi. Tu me donnes envie d'être une meilleure personne. Un meilleur homme. Je suis si fier d'être avec toi. D'être désiré par toi. Mais l'idée de faire mon coming-out avant de comprendre complètement qui je suis ? Ça m'effraie.

— Je ne te blâme pas. Je me suis conduit en égoïste qui manquait d'assurance.

Cary l'étreignit fortement.

— Je suis avec toi. Être bisexuel ne change pas ça. Tu es le seul que je veux. Le seul que je veux embrasser au premier coup de minuit. Ou au lendemain de Noël. Où peu importe ce que c'est.

Ses yeux se plissèrent aux coins.

Le rire de Ryan était comme un baume.

— C'était clairement une journée quand… je n'en ai aucune idée, mais les Canadiens ne travaillent pas, donc c'est super. Une journée certainement digne des baisers.

— Si tu veux toujours m'embrasser, cela dit.

Ryan avait l'impression que son corps se remplissait d'hélium et qu'il pouvait s'envoler.

— Je suppose que c'est un oui. Peut-être que nous devrions essayer. Nous assurer d'avoir une bonne scène pour le Nouvel An.

— Bonne idée. Une répétition.

Cary s'éclaircit la gorge et recula pour mimer le clap avec ses mains.

— Scène 1, prise 1. En fait, prise 2. Nous avons en quelque sorte gâché la première prise. Mais je pense que nous l'avons eue, maintenant.

Souriant, Ryan attira Cary dans ses bras.

— Action !

Épilogue

— POUVEZ-VOUS ME signer mon magazine, M. Holloway ?

Ryan regarda l'endroit où les enfants et lui jouaient au Monopoly sur le sol, près du sapin étincelant. Cette année, la nièce de Tony les avait rejoints pour Noël et Maria qui avait une quinzaine d'années était fébrile, incapable de contenir son excitation en tendant le dernier numéro de *Vanity Fair* et un marqueur à Cary.

Du canapé, celui-ci sourit et posa sa tablette.

— Bien sûr. Viens, assieds-toi. Et appelle-moi Cary, rappelle-toi ?

Il lui signa un autographe dans le coin du magazine, près du gros titre.

Le Fils De La Famille Hollywoodienne Sort Du Placard : Sommes-Nous Prêts Pour Un Acteur Principal

Bisexuel ?

— Et les photos à l'intérieur ? Ryan m'a signé les siennes.

Il y avait quatre pages dans le magazine de Cary dans différentes poses, ainsi qu'une photo de Cary et Ryan, main dans la main lors de la première d'un film… leur premier évènement en tant que couple.

— Est-ce vrai que votre père ne vous parle plus ? demanda Maria.

Avant que Ryan ne puisse intervenir, Lisa lança de la cuisine.

— Maria. Rappelle-toi de ce que nous avons dit à propos des ragots ?

— Désolé, Tante Lisa, s'excusa Maria, paraissant sincèrement affligée. Désolé, Cary. Je pense juste que ça craint.

— Ça va aller. Je pense que ça craint aussi, répondit celui-ci en adressant à Ryan un sourire crispé.

Craint était un euphémisme et Ryan dût ravaler la fureur qui menaçait de le submerger chaque fois qu'il pensait à la réaction de sa famille vis-à-vis de son coming-out. Au moins, sa mère semblait s'adoucir. Son père et son grand-père, c'était une tout autre histoire, mais Cary les ignorait. La plupart du temps. Certaines nuits, tout ce que Ryan faisait, c'était l'étreindre, puisqu'il n'y avait aucune parole qui pouvait être dite.

— Pouvez-vous signer mes DVD aussi ? insista Maria en lui tendant les deux premières saisons d'*Académie Spatiale*. J'aurais vraiment voulu qu'ils les sortent en Blu-ray. Surtout maintenant qu'il y a deux saisons. Tout le monde en parle. Surtout à propos de Stishi. Vous êtes les meilleurs, les gars !

— Et Cary est *siiiiiiiiiii mignon* ! répéta Ethan, s'esquivant tandis que Maria attrapait une noisette du bol des noix sur la table et la lançait à travers la pièce.

— C'est vrai. Il est trop mignon, renchérit Ryan. Content que tu approuves, Ethan.

— *Je* n'ai pas dit qu'il était mignon ! protesta Ethan.

— Si, tu l'as fait. En plus, c'est le plus mignon de tous. Regarde-moi ces fossettes ! ajouta Tony.

Lisa, Maureen et Jack renchérirent tous avant de se mettre tous à rire… même Maria, à qui il fallut cinq minutes pour arrêter de rougir.

Maureen bâilla largement.

— Je pense qu'il est temps de se mettre au lit. Le Père Noël est en route et nous devons tous rester à l'écart de la liste des vilains. Apporte les cookies, Amy !

Même si cette dernière avait exprimé quelques doutes à Ryan quant à l'existence du Père Noël, elle bondit et se précipita vers la cuisine.

Il restait juste quelques minutes avant minuit quand Ryan et Cary descendirent. Les lumières du sapin jetaient une lumière arc-en-ciel sur la pièce et la neige tombait par-delà les fenêtres. Ils mangèrent les cookies et partagèrent un verre de lait dans un silence heureux. Ryan ne pouvait croire qu'une année déjà était passée. Ils s'embrassèrent.

— Joyeux Anniversaire.

— Et Joyeux Noël, murmura Cary.

Se tenant la main, ils revinrent sur leurs pas, dépassant la cheminée, où une nouvelle chaussette était accrochée avec le nom de Cary cousu d'un doré scintillant.

FIN

À propos de l'auteur

Keira cherche le parfait mélange de personnages, d'intrigue et de fougue dans ses romances MM. Elle écrit de tout, des pirates flamboyants aux escapades bouillantes et émouvantes. Ses sujets préférés sont les ennemis qui deviennent amants, la différence d'âge, la proximité forcée, et les vierges passionnés. Bien qu'elle aime une angoisse délicieuse en cours de route, Keira garantit les fins heureuses !

Découvrez plus sur son site :
keiraandrews.com